KRAL ŞAKİR

MACERA ADASI!

Kitabın sahibi

.... :)

SEVGİLERİMLE

Varol

EKSİK PARÇA
çocuk

Kral Şakir – Resimli Hikâye Kitabı
2020 Eksik Parça Yayınları

Yayın Yönetmeni: **Asiye Ademir**
Yaratıcı-Çizer: **Varol Yaşaroğlu**
Yazarlar: **Haluk Can Dizdaroğlu, Özgür Öcalan**
İç görseller ve düzenleme: **Tuncer Çelik**
Hikâyeleştiren: **Binnur Miniç, Özgür Öcalan, Haluk Can Dizdaroğlu**
Editör: **Kürşad Kızıltuğ**
Sayfa ve Kapak Tasarım: **Serkan Cenker**

Baskı ve Cilt: **Vizyon Basımevi**
Beylikdüzü O.S.B. Mahallesi, Orkide Caddesi No: 1
Beylikdüzü/İstanbul
Tel: (0212) 671 61 51

Yayınevi Sertifika No: 40882
Matbaa Sertifika No: 28640

3. Baskı: Kasım 2020
ISBN: 978-605-7690-69-2

Eksik Parça Yayıncılık Tic. ve San. A.Ş.
Gülbahar Mah. Elif Sok. No: 4/A Şişli/İST. Tel: 0212 272 45 46

www.eksikparca.com
facebook.com/eksikparcayayinlari
twitter.com/eksikparcayayin
youtube.com/kralsakir

Genel Dağıtım: **İKİ A YAYINCILIK VE DAĞITIM HİZMETLERİ**
Gülbahar Mah. Elif Sok. No: 4/A Şişli/İstanbul
Tel: (0212) 272 45 46 | Fax: (0212) 272 45 55

EFSANEVİ LÖMPEN ADASI'NI BULMAK İÇİN MACERAYA ÇIKMIŞTIK!

BEN, BABAM, CANAN VE TABİİ Kİ
NECATİ AĞABEY KARADENİZ KIYILARINDA
BİR DALGIÇLA BOĞUŞTUK.

LÖMPEN ADASI'NA GİTMENİN SIRRI OLAN HEYKELİN ÜÇÜNCÜ PARÇASINI BİRLEŞTİRMEMİZLE...

GİZEMLİ BİR HORTUM
VE FIRTINAYA
YAKALANMAMIZ
BİR OLDU!

ARADAN ÇOK ZAMAN GEÇTİ.

GÖZLERİMİ BİR ADADA AÇTIĞIMDA KARŞIMDA PEMBE, YUSYUVARLAK VE BIYIKLI BİR YERLİ DURUYORDU! "SEN DE NESİN?" DİYE SORDUM. "YOKSA...

YOKSA SEN BİR **LÖMPEN** MİSİN?!"

EVET EVET!

BU GALİBA BİR LÖMPENDİ!

HEM DE YALNIZ DEĞİLDİ,
ARKADAŞLARI DA YANINDAYDI.
BÜTÜN LÖMPENLER HAYRANLIKLA BANA
BAKIYORLARDI.

AYAĞA KALKTIĞIMDA KARŞIMDA

PEMBE BIYIKLI, GARİP BİR DAĞ GÖRDÜM!

EVET, BU KADAR GARİPLİK BAŞKA BİR YERDE OLAMAZDI!

BURASI KESİNLİKLE

EFSANEVİ LÖMPENLER ADASI'YDI!

LÖMPENLER ELİME BİR PARŞÖMEN TUTUŞTURDULAR. PARŞÖMENDE YAZANLARI ANLAMADIĞIM HALDE İMZALAYIVERDİM. BİRDEN HEPSİ BAĞIRMAYA BAŞLADI: "ÇOKO YAŞATTO LÖMPENİTTO KRALO ŞAKİRETTOO!"

NELER OLUYORDU? NEYE İMZA ATTIM BEN?
PEKİ O KARŞIDAN GELEN
FİL NECATİ AĞABEY DEĞİL Mİ?

HİKÂYENİN DEVAMI
"KRAL ŞAKİR: MACERA ADASI"
MOBİL OYUNUNDA.
"KRAL ŞAKİR: MACERA ADASI"
ANDROID VE IOS MARKETLERDE!

KODU OKUT
OYUNU İNDİR!

KRAL ŞAKİR
MACERA ADASI
HEMEN İNDİR
MACERAYA DEVAM ET!
KODU OKUT
OYUNU İNDİR!
EKSİK PARÇA
çocuk

MACERA ADASI!

Canan, babam ve ben, güzel bir günde denize yüzmeye gitmiştik.

Babam biraz daha derine açılmak istedi ve orada duran Zürafa Arif'ten boy vermesini istedi.

Arif, "Gel gel Remzi Ağabey, ayaklarım yere değiyor!" diye seslendi.

Babam ise Arif'in bulunduğu yere doğru sakince yüzme-ye başladı, ancak birkaç saniye sonra aniden suya batıp gözden kayboldu.

Sudan baloncuklar çıkıyor! Baba?

Arif hemen yaklaşıp elini suya daldırdı ve nefessizlikten kıpkırmızı olmuş babamı sudan çıkardı. Babam Arif'in upuzun boyunu hesaba katmamakla büyük bir hata yapmıştı.

Kalan nefesiyle Arif'ten kendisini sahile doğru fırlatmasını istedi. Biz de Canan ile arkasından gittik.

Bu sırada Necati Ağabey sahilde metal dedektörüyle tarama yapıyordu. Bozuk para mı arıyordu, yoksa bozuk oyuncakları mı?

Dedektör ötmeye başladı ve Necati Ağabey heyecanla elini kuma soktu. Çıkardığı şeyi görünce gözlerimize inanamadık. Bir Lömpen heykeli, evet bir Lömpen heykeli bulmuştu. Yani, sayılır. Çünkü elinde tuttuğu parça bir heykelin üçte biriydi.

Necati Ağabey sevinçten havalara uçuyor, taklalar atıyordu.

Neden bu kadar sevindiğini anlayamamıştık. Ancak sonradan Necati Ağabey "Lömpen Adası" ile ilgili konuşmaya başlayınca kulak kesildik. Söylediğine göre kâşifler Lömpen Adası'nı yüzyıllardır bulmaya çalışıyordu. Ancak henüz hiçbir kâşif başarılı olamamıştı.

Elinde tuttuğu heykelin ada ile ne ilgisi vardı ki? Necati Ağabey, "Adaya gitmenin sadece bir yolu var. O da dünyanın üç bir yanına dağılmış Lömpen heykel parçalarını toplamak!" diye açıkladı.

Canan; "Dört bir yanı olmasın o?" diye sorunca Necati Ağabey sayı saymasını bildiğini söyleyip çıkıştı. Heykel üç parçadan oluşuyordu, bu yüzden üç bir yanı olmalıydı...

Lömpen kâşifleri olacağımızı duyduğumuzda sevinçten havalara uçtuk. İnanabiliyor musunuz?

Bir Lömpen görecek, onunla konuşacak, belki oyunlar oynayacaktık! Ama önemli bir sorun vardı. Sıradaki parçayı nasıl bulacaktık?

Necati Ağabey heykelden bir kâğıt parçası çıkardı. Bu, bir sonraki heykel parçasını bulmamız için bir ipucuydu!

Necati Ağabey üzerindeki Lömpence yazıyı okumaya başladı; "Hen bürürük gülübört bulantıs, inicki parçatos bulantıs."

Bu da ne demek oluyordu? Çevirisi için heyecanla bekliyorduk, şimdilik Lömpence bilen tek kişi olan Necati Ağabey, biraz da böbürlenerek yazıyı açıkladı; "En büyük gülümseyen kişi, ikinci parçayı bulabilir diyor, çabuk herkes gülsün!" dedi.

Biraz ilginçti, ama yine de gülmeye başladık. Kahkahalar atıyorduk, ancak hiçbir şey olmuyordu.

Sorun neydi? Babam Canan'ın gülmediğini fark etti, dediğine göre bu yaptığımızı biraz saçma buluyordu.

Saçma maçma! Eğer Lömpen Adası'na gidebileceksek değer! Canan'ı ikna edip onu da güldürmeyi başardık. Şimdi sahilde yüksek sesle gülüyor, hatta yerlere yatıyorduk.

Etraftakiler bize garip garip bakıyordu, onlar için birer şaka olmalıydık...

Derken, Necati Ağabey kâğıdı ters tuttuğunu söyleyip çeviride bir hata yaptığını anladı.

Hepimiz gülmeyi bıraktık ve suratımız birden asıldı. "En büyük gülü bulan kişi ikinci parçayı bulabilir diyormuş..." dedi Necati Ağabey. Bu çeviri de bir o kadar saçma gelmişti. En büyük gül mü, nasıl yani?

Ancak Necati Ağabey açıkladı. Gül, Lömpenlerin en sevdiği çiçekmiş. Ardından da ekledi, "Ama sakın onların yanında papatyalardan bahsetmeyin, papatyalardan nefret ederler!" Ne garip canlılardı şu Lömpenler.

İyi ama en büyük gülü nereden bulacaktık ki? Necati Ağabey "En büyük göle gidelim, kesin oradadır." diye saçma bir fikir ortaya atınca, Canan olaya el koydu; "Merak etmeyin, ben biliyorum."

Uzun süren bir otobüs yolculuğunun ardından gideceğimiz yere varmıştık.

Üzerinde "Hollanda Turizm" yazan bir otobüs yanımızdan hareket etti.

Necati Ağabey yazıyı görünce; "Oo, Hollanda'ya mı geldik, ninemgile uğrayalım, buradaki köylerden birinde yaşıyorlar." dedi.

Ne âlemsin Necati Ağabey... Kocaman Isparta tabelasını görmüyor muydu? En büyük gülü bulabilmek için, gülleriyle ünlü olan Isparta'ya gelmiştik. Babam, "Şuraya bakın!" dedi ve önümüzdeki gül tarlasını işaret etti. Sanırım elimizle koymuş gibi bulmuştuk.

Tarlanın içinden geçtik ve diğer tarafından çıktık. Gözlerime inanamadım. Uzun mu uzun, heybetli, kıpkırmızı bir gül, upuzun dikenden kollarını rüzgârda sallıyor, sert sert bize bakıyordu.

Aradığımız gül bu olmalıydı. Necati Ağabey, heyecanla öne atıldı ve güle doğru koşmaya başladı.

Ancak gül, üzerine doğru gelmekte olan Necati Ağabey'i dikenini kullanarak uzaklaştırdı; "Yaklaşma, yakarım!" Necati Ağabey'in canı yanmıştı ama kararlıydı, "Altında Lömpen heykelinin bir parçası var, almadan gitmem!"

Bu cesaretten etkilenmiş gibi davranan gül, "A, öyle mi, gel gel, bilmiyordum." diye rol yaptı.

Babam, "Necati sakın!"

demeye kalmadan Necati Ağabey ikinci kez gülün dikeninden payını almıştı. Meğer gül, istediğimiz heykel parçasının koruyucusuymuş. Bize de vermemek için elinden geleni yapacakmış... Necati Ağabey'in canı iyice yanmıştı, sinirle bakıyordu. Babam ise dostunun bu hale düşmesini kendine yedirememiş, gaza gelmişti. "Kimse benim en iyi arkadaşımın canını acıtamaz!" dedi ve...

O da ne... Hayatımda görmediğim bir hız ve çeviklikle oradan oraya atlıyor, gülün kafasını karıştırıp ona yaklaşmaya çalışıyordu. Kendi kafası da karışmış olacak ki kendini bir anda gülün tepesinde buldu. Düşmemek için tutunuyor, korkuyla bize bakıyordu. Gül ise rahatsız olmuş, sallanarak onu düşürmeye çalışıyordu.

Necati Ağabey, "Remzi sıkı tutun" dedikten hemen sonra Lömpen dansı yapmaya başladı.

Dans etmenin sırası mıydı? Bunu ona sorduğumda, bana Lömpen dansı kartını kullandığını, kartın +9 kafa karıştırma gücüne sahip olduğunu söyledi ve hemen heykel parçasını gidip almamı istedi.

Ne olduğunu daha yeni anlamıştım. Necati Ağabey'in dansından hipnotize olan gül, bilinçsizce Lömpen dansı yapmaya başlamıştı.

Babam dans eden bir gülün tepesinde düşmemek için uğraşırken ben de yerde sürüne sürüne gülün dibine kadar ilerledim. İşte! Buradaydı!

Lömpen heykelinin ikinci parçasını ben bulmuştum.

Hemen sürünerek geri gittim ve parçayı Necati Ağabey'e uzattım. Tam bu sırada artık daha fazla tutunamayan babam üzerime doğru hızla düştü. Ah! İkimiz de yerdeydik. Canan ise merakla Necati Ağabey'in elindeki heykel parçalarına bakıyordu. Çünkü Necati Ağabey elindeki iki parçayı birleştirmiş ve bu parçalardan ışık çıkmaya başlamıştı.

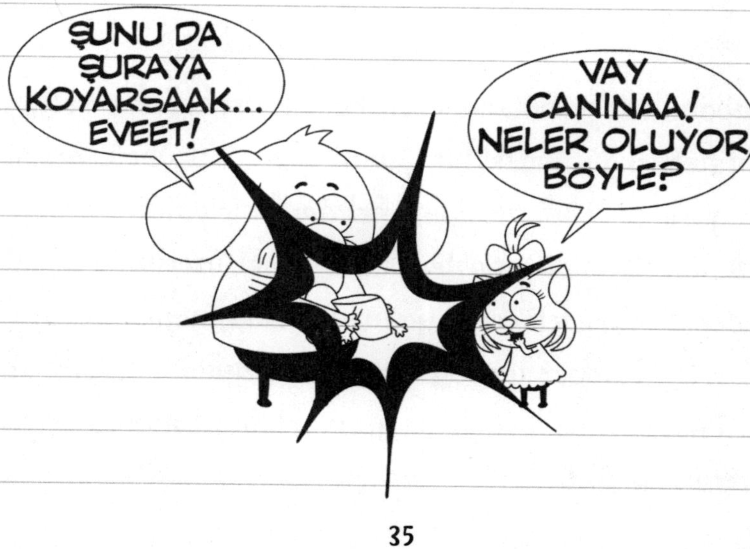

Kehanet gerçekti... Necati Ağabey ise ışıldağa dönüştüğü için seviniyordu.

Necati Ağabey, ikinci ipucu kâğıdını yeni bulduğumuz parçadan çıkardı ve okumaya başladı; "Fırtnart Vadört dibiki yusu, olcatırık pattırık!".

Babamla heyecanlanıp çevirmeye çalıştık. Babama göre "dört fırtına gücündeki bir yunus" yemişti üçüncü parçayı. Bana göre ise "vadi sucuğunu fırlatan" bir patatesin içindeydi. Necati Ağabey gözlerini büyüterek üzerimize eğildi. Lömpence bilmeden çeviri yapmaya kalkışmamamızı söyledi, yoksa Lömpen laneti üzerimize bulaşabilirmiş. Aman Necati Ağabey, hadi söyle ne yazıyor! Heyecanımızı neyse ki hemen dindirdi...

Heykelin üçüncü parçası Fırtına Vadisi'nde suyun derinliklerindeymiş. Ama... Bulması öyle kolay değilmiş. Yazana göre sadece bir balık oltasını ustaca kullanan kişi o parçayı denizden çıkarabilirmiş...

Yine saatler süren bir otobüs yolculuğu sonrası Fırtına Vadisi'ne vardık. Necati Ağabey yol boyu ninesine uğramadığımız için söylendi. Ama hepimiz bir an önce Lömpen Adası'nın gizemini çözmek istiyorduk.

Burası... Karadeniz kenarında, bir kulübe dışında hiçbir şey olmayan, ıssız bir yerdi.

Belki sahibi bir şeyler biliyordur diye kulübeye doğru yöneldik. Tam kapıyı çalacakken kulübenin yaşlı sahibi, denizden bir dalgıç kostümüyle çıktı.

Necati Ağabey ise heyecanla adamı eline aldı ve "Bakın bakın, elimle balık tuttum!" diye sevindi.

Ürkünç birine benzeyen dalgıç ağır ağır konuşuyordu. Kendisinin bir balık olmadığını açıklayınca, Necati Ağabey atıldı; "O zaman bana balık oltasını ustaca kullanmayı öğretir misin?" Dalgıcın gözleri büyüdü. Yanlış duymadıysam; "Sen osun..." gibi bir laf etti.

Oldukça şüpheli değil mi? Sonra bir anda sesini toparlayıp "Tabii ki öğretirim." dedi ve kulübesine doğru yürümeye başladı.

Necati Ağabey ise balık sandığı dalgıcın yürüyebilmesine şaşırıyordu. Babam, Necati Ağabey'i uyardı. Bu dalgıç pek tekin görünmüyordu,

tehlikeli biri olabilirdi. Necati Ağabey sinirlenip "O adada ne olduğunu görmek istemiyorsun galiba!" dedi ve yol yakınken dönmesini söyledi. İyi de yol yakın falan değildi ki, İstanbul'dan ta Karadeniz'e gelmiştik. Necati Ağabey tartışmayı kazanmış gibi; "İşte kalırsın böyle!" dedi ve dalgıcın arkasından kulübeye yöneldi.

Yaşlı dalgıç, bize çay isteyip istemediğimizi sordu. Necati Ağabey vişne suyu istedi, dalgıç vişne suyu olmadığını söyleyince; "Tamam o zaman çay içerim." dedi. Dalgıç dalga geçer gibi çayın da kalmadığını söyledi. Necati Ağabey bana dönerek sessizce; "Şakir bu adam şaşırmış, bizi kekledi." dedi ve hemen üstüne korkudan bağırdı.

Çünkü dalgıç aramıza bir anda girip "Kek de yok!" diye bağırmıştı.

Biz bunları yaşarken, babam da dalgıçtan şüphelendiği için evi kolaçan ediyordu. Üzerinde "Yasak!" yazan bir kapının koluna tam uzanacakken yaşlı dalgıç, onun da önüne geçip korkutarak; "O odaya asla girmemelisin, yoksa sonu kötü olur!" dedi.

Babam ise zaten girmeyeceğini söyleyip mutfağa, yanımıza geri döndü ve adamın kendisini çok korkuttuğunu, geri dönmemiz gerektiğini söyledi. Necati Ağabey ise Lömpen Adası'nı bulabilmek için keksizliğe bile razıydı. Hem çok az kalmıştı. Üçüncü parçayı da bulduk mu Lömpen Adası bizi bekliyordu! Sonra ver elini Lömpen maceraları!

Bu sırada bizi gizlice dinleyen yaşlı dalgıcı fark ettik; "Yıllardır bu anı bekliyordum." diye kendi kendine konuşup gülüyordu. Necati Ağabey, gülünecek bir şey varsa söylemesini istedi, çünkü o da gülmek istiyordu.

Dalgıç ise; "Balık oltası için eğitim vakti geldi." dedi. Necati Ağabey eğitimde şaka olmayacağını belirtti belirtmesine de...

Kara tahtanın önünde, tavandan sarkan devasa bir balık oltasının ucuna oturmuş yaşlı dalgıcı görünce fikrini biraz olsun değiştirdi, "Ama şakayla eğitim olur!"

Necati Ağabey yaşlı dalgıcın sorduğu soruları hızlı hızlı cevaplamaya çalışıyordu; "Çabuk söyle oltanın ucunda oturuyorsam neyim ben?

Balık... Aferin 100, peki sen nesin? Ben mi, fil, yok yok balığım! Ne balığı otur sıfır!"

Heyecanlanan Necati Ağabey "Oturuyorum zaten." diye söylenince,

dalgıç yerinde duramadı ve dans etmeye başladı; "Kalk ayağa o zaman oturmaya mı geldik?"

Necati Ağabey de göbek atarken bir yandan eğitim modelini sorguluyordu...

Biz de bu sırada babamın bahsettiği gizli odanın önündeydik. Canan kapıda girmenin yasak olduğu söylendiği için içeri girmemizi istemiyordu.

Ancak babam mantık yürütürken çevre yolunu kullandı, yani haklı çıkmak için gerçekleri baya bir büktü. "İyi de neyin yasak olduğu yazmıyor, belki hız yapmak yasak, belki de dondurma yemek... Bilemeyiz..."

Her ne kadar babama katılmasam da içeride gizemli bir şeyler döndüğünün farkındaydım.

Bu yüzden kapıyı ben açtım ve ürkerek içeri girdik.

Işığı yaktığımızda gözlerimize inanamadık. O da ne? Şunlara bakın...

Duvarda kocaman Lömpen Adası yazıyordu. Lömpenlerin gizemini çözmeye çalışan kâşiflerin resimleri, çizimleri asılıydı. Lömpence olduğunu tahmin ettiğim antik yazıtlar duvara dayanmış duruyordu. Zaten Necati Ağabey'in de suratını duvarda görünce işlerin hiç de yolunda olmadığını anladım.

Yaşlı dalgıç Lömpenlere kafayı takmış olmalıydı. Canan'ın bulduğu defter ise her şeyi açıklıyordu; "Lömpen Adası işgal planı! Şakir şuna bak!" Defter işgal planlarıyla doluydu. Lömpenlerin zayıf yönleri, adayı ele geçirme taktikleri ve sayfalarca süren çalışmalar... Belli ki yaşlı dalgıç adaya gidebilmek için bizi ve Necati Ağabey'i kullanıyordu. Babam çok sinirlenmişti, bir yandan Necati Ağabey'in durumunu merak ediyordu.

Benim dikkatimse beyaz bir örtü ile üstü kapatılmış kocaman cisimdeydi.

Bu... Bu sanırım bir Lömpen heykeliydi. İlk kez bir Lömpen'in neye benzediğini görmek üzereydim. Örtüyü yavaşça kaldırmaya başladım. Tam heykeli açacaktım ki...

Pencereden dışarı bakan babam telaşlandı; "Geliyorlar! Çabuk çıkmalıyız!".

O an korkuyla yerimizden fırladık. Aceleyle çıkmaya çalışırken babam bir anda geri döndü. Baba n'apıyorsun?

Eline bir kalem almış, Necati Ağabey'in fotoğrafına komik bıyık ve sakal çiziyordu, "N'apayım dayanamadım!"

Deniz kenarında Necati Ağabey ve yaşlı dalgıcı karşıladık. Nefes nefese kalmıştık ancak bir şey belli etmedik. Kendi aralarında konuşuyorlardı. Yaşlı dalgıç, Necati Ağabey'e artık olta kullanmada bir usta olduğunu söylüyordu.

Necati Ağabey ise şaşkındı "İyi de tüm ders dans ettik, bir kere bile oltayı elime almadım!"

Dalgıç, yöntemlerinin sorgulanmamasını istedi ve bir oltayı Necati Ağabey'e verip sadece denemesini istedi. Necati Ağabey oltasını salladı ve...

Vay canına! Oltanın ucu sanki akıllıymış gibi havada döndü dolaştı. Necati Ağabey bile yeteneğine şok olmuştu, çünkü oltanın ipiyle havada "Fil Necati" yazmıştı. Gerçekten de o artık bir olta ustasıydı.

Kıyıda duran iki sandaldan birine atladı ve bizi çağırdı.

Bir an önce denize açılıp heykelin üçüncü parçasını bulmak istiyordu. Ancak önemli bir sorun vardı. Canan hava durumuna bakmıştı ve dediğine göre fırtına yaklaşıyordu. "Geri dönmek yok Canan, Lömpen kâşifleri asla pes etmez!"

dedi Necati Ağabey. Ben de sandala atladım; "O adayı görmeden ben de dönmüyorum!" Canan yaptığımızı hiç akıllıca bulmasa da içten içte Lömpenleri çok merak ediyordu.

Fırtınada küçük bir sandalla denize açılacak kadar... Babam ve Canan da sandala binince yaşlı dalgıç sandalın ipini çözdü; "Dikkat edin, Fırtına Vadisi'nde deniz tehlikelidir!" Artık kötü planlarını bildiğimiz için şaşırmıyorduk tabii...

Denize açıldık. Dalgıcın bizi duyamayacağından emin olduğumuz bir anda her şeyi Necati Ağabey'e anlattık. Ancak Necati Ağabey korkmuş görünmüyordu.

Aklında sadece bir şey vardı: Heykelin üçüncü parçasını bulmak. Kimsenin bize engel olamayacağını söyledi ve oltasını kararlılıkla denize salladı.

Balık tutar gibi heykel parçasını bulup denizden çıkaracaktı. Kısa bir süre sonra; "İşte, yakaladım sanırım." diye sevindi. Babam ise çıkıştı. Cebine takılan olta parçasını işaret ederek; "Beni yakaladın Necati, heykeli değil." diye kızdı.

Necati Ağabey ise "hıçbüdülerine" güvendiğini – artık o neyse– belirtti ve hata yapma şansının olmadığını söyledi.

Bense babamın cebine takılan oltanın ipini gözlerimle takip ettim ve...

Olamaz!

Bu Necati Ağabey'in oltası değil, yaşlı dalgıcın oltasıydı. Diğer sandala atlayıp bizi takip etmişti.

Oltasını kullanarak göz açıp kapayıncaya kadar babamın cebindeki ilk iki heykel parçasını kapıverdi.

Üçüncü parçayı da yakalarsa Lömpen Adası'na biz olmadan ulaşacaktı ve Lömpenler tehlikeye girecekti.

Sandalıyla hızla uzaklaşmaya başladı. Hemen bir şeyler yapmalıydık.

Necati Ağabey oltasını denizden boş çekti ve "Hiçbir yere kaçamazsın!" diye bağırarak oltasını salladı.

Oltanın ucu, yaşlı dalgıcın sandalına takılmıştı. Bu sayede biz de onun peşinden ilerliyorduk. Yaşlı dalgıcın arkasından bağıran Necati Ağabey, bu yaptığının hiç hoş olmadığını, adaya gitse bile Lömpenlerin onu hiç sevmeyeceğini söyledi.

Dalgıç bunu duyunca kahkaha attı. Zaten kendisini sevmelerini beklemiyordu.

Oraya adayı ele geçirip onların kralı olmaya gidiyordu.

Tüm bunların üstüne bir de Canan fırtınanın iyice yaklaştığını söyledi.

Çok az zamanımız kalmıştı.

Dalgıcın sandalı kıyıya kadar ulaştı. Dalgıç, hemen karaya atlayıp kulübesine koşmaya başladı.

Ne olursa olsun üçüncü parçayı ondan önce bulmalıydık. Hemen ikiye ayrıldık. Necati Ağabey sandalla denize geri açıldı. Üçüncü parçayı bir an önce bulacaktı.

Biz de dalgıcın peşinden gidip çaldığı parçaları almaya çalışacaktık. Babam Necati Ağabey için endişelendi. Necati Ağabey ise bir kâşiften beklenecek kararlılıkla bize bir Lömpen atasözünü açıkladı, "Cesuris tecanis, il fecanis...

Yani en cesur Necati, Fil Necati... Hadi ben kaçtım!" Hızlıca denize tekrar açılan Necati Ağabey, kısa sürede gözden kayboldu. Babam, Canan ve ben ise dalgıcın peşinden koşturmaya başladık. Kulübesinde dalgıç kostümünü üstüne geçirmiş, bir su motorunu kapıp suya atlamıştı. Biz de kulübede duran yedek dalgıç kostümlerini bulup hemen hazırlandık ve denize atlayıp peşinden yüzmeye başladık.

Su motoru olan yaşlı dalgıç, denizin dibinde hızla ilerliyordu. Yüzerek yetişemeyeceğimiz o kadar belliydi ki bir çözüm bulmalıydık.

Babam bir saniye düşündü ve çözümü bulmuş bir surat ifadesiyle ıslık çaldı, "Taksi!" Taksi mi, baba bazen en az Necati Ağabey kadar saçmalıyorsun sen de... Diye düşünürken üç denizatının bize yaklaştığını gördüm. Babam birine atlayıp "Öndeki motoru takip et!" dedi sevinçle. Canan'la ben de çok sorgulamadan diğer denizatlarına bindik. Deniz taksisinin böyle olduğunu hiç bilmiyordum...

Deniz atları "Dıgıdık dıgıdık!" nidalarıyla bizi yaşlı dalgıca yetiştirdiler. Dalgıçla aramda bir kol mesafesi kalmıştı. Onu yakalamak için tam uzanıyordum ki, bir balık gibi oltaya yakalandım ve bir anda birkaç metre geriye düştüm.

Bu Necati Ağabey'in oltasıydı. Necati Ağabey'in heyecandan eli ayağı birbirine dolanmış – inanın lafın gelişi değil– o vaziyette olta kullanmaya çalışıyordu. Bir yandan da ellerindeki düğümü çözmeye çalışıyordu.

Bu sefer babamın atı atağa kalktı ve dalgıcın yakınlarına kadar geldi.

Derken Necati Ağabey yine aynı hatayı yaptı ve oltasıyla babamın atını yakaladı. Ancak bu sefer çok daha kötü bir şey oldu. At oltaya takılınca babam atından düştü. Denizin dibine doğru yol almaya başlamıştı ki son anda Canan öne atılıp onu yakaladı ve kendi atına çekti.

Dalgıç bir yandan bizden kaçmaya çalışırken bir yandan üçüncü parçayı arıyordu, işin kötüsü bulmuştu da...

İşte heykel parçası orada, ilerideki kayalığın yanında, bizi bekliyordu. Dalgıç çoktan oraya varmıştı. Ondan önce yetişemeyecektik.

Çaresizce dalgıcı izlerken bir zıpkın kadar keskin gelen olta dalgıca doğru ilerlemeye başladı. Necati Ağabey ellerinin düğümünü çözmüş olmalıydı. Yaşlı dalgıç tam üçüncü parçayı eline alacaktı ki, Necati Ağabey dalgıcı yakaladı ve suyun yüzeyine doğru çekti. Heyecanla heykelin son parçasına doğru ilerledim ve elime aldım. Başarmıştık! Artık başka aksilik çıkamazdı!

Suyun yüzeyine yükselip Necati Ağabey'in de içinde olduğu sandala çıktık. Dalgıç öfkeliydi, "Çabuk bırak beni, yoksa sözlüne sıfır veririm!"

Yanlış kelimeleri seçmişti. Çünkü Necati Ağabey dalgıcı dinleyip gerçekten de onu bıraktı.

Dalgıç suya düştü, Necati Ağabey onu geri çekti, "Bıraktım işte, şimdi heykelin ilk iki parçasını da ver bakayım!" dedi.

Yaşlı dalgıç yeltenmeyince Necati Ağabey dalgıcın cebinden heykeli kaptı.

Dalgıç yıllardır planladığını uygulayamadığı için çok sinirliydi, "Ne yapıp edip Lömpen Adası'nın hükümdarı ben olacağım, intikamım acı olacak..." derken Necati Ağabey oltanın ucundaki dalgıcı kıyıya kadar fırlattı.

"Kimse lömpenlere saygısızlık edemez." dedi ve elindeki heykel parçalarına baktı. Bense "Necati Ağabey bak, sana bir hediyem var." deyip elimdeki üçüncü ve son parçayı ona uzattım.

Heykelleri birleştirme onuru Lömpen Kâşifi Necati Ağabey'in olmalıydı.

Necati Ağabey "Yıllardır beklediğim an! Maceraya hazır mısınız?" diye seslendi. Canan lafa girmeye çalıştı ancak Necati Ağabey zafer konuşmasına başlamıştı.

Bugünlere gelmesini sağlayan ailesine, arkadaşlarına, fırıncı Mehmet ustaya, pastacı Aylin'e ve tüm hayranlarına teşekkürlerini iletti. Canan ısrarla Necati Ağabey'in tişörtünü çekiştiriyordu ve arkasını işaret ediyordu.

Necati Ağabey, "Lömpen Adası çok muhtişim olacak! Gönaybörtler ve börtbörekler havada uçuşacak!" diye devam etti.

Olayı ben de fark ettim ve Necati Ağabey'i uyarmaya çalıştım. En son hatırladığım kadarıyla Lömpence bir şeyler söylüyordu.

Babam da "Necati!" diye bağırmaya başlayıp arkasına bakmasını söylüyordu.

Necati Ağabey tam elindeki heykel parçalarıyla üçüncü ve son parçayı birleştiririrken sinirle çıkıştı, "Ne oldu, bir konuşma yaptırmadınız, ne var arkamda?"

Arkasını döndüğünde ise üzerimize doğru gelen devasa hortumu sonunda gördü.

Lömpen heykeli tamamlanmıştı ve hiç görmediğimiz kadar parlak ışıklar saçıyordu. Gözlerim kamaştı. Etraf sarsılmaya başladı, fırtınanın sesi kulaklarımı çınlattı ve en sonunda hortum bizi içine sürükledi...

MACERANIN DEVAMI

"KRAL ŞAKİR: MACERA ADASI" OYUNUNDA!

MARS'A GİDEN ARABA!

Yine can sıkıntısından kendimizi kaybettiğimiz günlerdeyiz. Yapacak hiçbir şey bulamıyoruz, herkes bir koltuğa serilmiş, arada bir esneyerek boş boş birbirimize bakıyoruz.

Esnemek biraz bulaşıcı galiba. Necati Ağabey büyük bir gürültüyle ağzını kocaman açıp öyle bir esniyor ki imrenmemek mümkün değil.

Hemen peşine takılıp babamla ben de aynı büyüklükte ağzımızı açıp esnemeye çalışıyoruz. Biraz benziyor, tabii bizim ağızların kapasitesi daha düşük, ne kadar uğraşsak da midemize kadar içimizi göstermeyi başaramıyoruz.

Baktım ki hiçbir şey yapmadan günü boşu boşuna harcayacağız, bari dedim gidip Profesör Mirket'e bakayım. Onda her zaman can sıkıntısını gideren aksiyonlar olur, belki derdimize çare bulacak bir maceraya başlarız.

Montumu giyerken hâlâ arkadan babamla Necati Ağabey'in esneme sesleri geliyordu.

Başka bir şey yapamayınca aralarında esneme yarışı başlatmışlardı ama babamın kazanması mümkün değil.

O ağzını açınca anca dişlerini gösterebiliyor. Oysa Necati Ağabey bir hamlede bütün sindirim sistemini gözler önüne serebiliyor.

İyi ki Profesör Mirket'i bulmaya gelmişim. Gerçekten yoğun bir çalışma içinde, bilimsel çalışmalar sıkıcı gibi görünse de en azından elinizde bir sonuç oluyor.

Topluma katkıda bulunuyorsunuz. Oysa oyun oynamak çok eğlenceli ama sadece oynarken. Bittiğinde aynı can sıkıntısına geri dönüyorsunuz. Üstelik o kadar çabanın sonunda elinizde hiçbir şey kalmıyor. Demek ki oyunları ödüllü oynamak lazım...

Profesör Mirket ve Tanju Ağabey bildiğimiz uzay roketine benzeyen bir aracın etrafında kan ter içinde çalışıyordu. Profesörün yine göklere çıkası tutmuş.

Bir kutu gofret karşılığında Tanju Ağabey'le anlaşmışlar, o da yardımcı bilim adamı rolünde roketin etrafında dönüp duruyordu.

Mirket'in hazırladığı bu roket Mars'a gidecekmiş, ama önce yokuşun başına taşınması gerekiyormuş.

Bu nasıl mühendislik anlamadım ki arkadaş? Başka gezegene gidecek roket tasarlıyorsun, at arabası kadar yeteneği yok. Yokuşun başına gitmek için bizim itmemiz gerekiyor.

Hayır, şimdi bir şey söyleyeceğim, Mirket'in kalbi kırılacak. Daha önceden bize çok yardımı oldu, o yüzden sesimi çıkarmadım.

"Bir de ben el atayım", dedim.

Neyse ki hafifmiş roket, bir çırpıda yokuşun başını bulduk, günlerdir yiyip içip yatmaktan bende enerji birikti herhalde.

Kollarıma öyle bir güç gelmiş ki kendimi bir an süper kahraman sandım.

Tanju Ağabey roketin içinde bir şey olup olmadığını sordu. Mirket hiçbir şey koymamış. İkimiz de itiraz ettik.

Koskoca gezegene ilk defa gidiyoruz. Eli boş gidilmez,

ayıp dedik. Marslılar, Dünyalıları kaba saba ve görgüsüz yaratıklar olarak görmemeliydi.

Tanju Ağabey içine gofret doldurmayı önerdi. Adamın her durumda aklına tek şey geliyor. Eline şimdi gofret verseniz yine utanmaz, "Daha yok mu?" der.

Hayır, bilmiyoruz ki.

Marslıların belki alerjisi var, gofret yemiyorlar. Hiç değilse her zaman kullanacakları bir şey olsun. Araba koymayı önerdim ben de...

Onlar nereden araba bulacaklarını düşünürken sıkıldım, belki bizimkilerde aksiyon vardır diye eve döndüm.

İyi ki de dönmüşüm, babamla Fil Necati Ağabey alışverişe gidiyormuş.

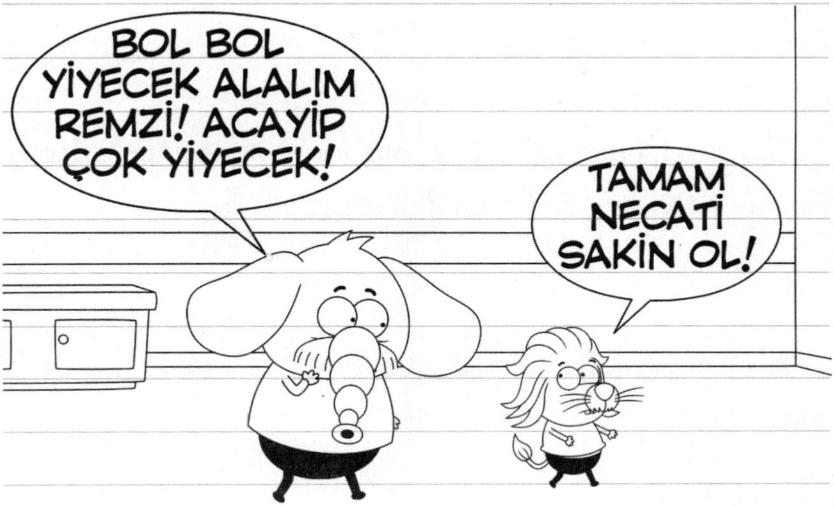

Annemin misafirleri gelecekmiş, alınacak şeyler varmış. Ben de takıldım peşlerine, markete doğru yola çıktık.

Normalde cips, çerez gibi atıştırmalıklar alacağız, bir de saç kurutma makinesi.

Her nasıl olduysa oldu biz kendimizi oyuncakçıda bulduk.

"Bu güzel, bu daha hızlı, bunun rengi çok acayip", derken bir sürü uzaktan kumandalı araba aldık.

Annemi çileden çıkarmamak için biraz da onun listesinden alışveriş yapıp hızla eve döndük.

Babam içeri girince annemin eline poşetleri tutuşturdu.

Hemen uzaktan kumandalı arabaları çıkarıp halının üzerine dizdik. Annem soru soruyor, babam baştan savma cevaplar veriyor.

Kadıncağız hiçbir sorusuna doğru düzgün cevap alamayınca çok sinirlendi, saçları diken diken oldu.

Meğerse annem saç kurutma makinesini o yüzden istemiş, anladım ben. Onu öyle sık sinirlendiriyoruz ki saçlarını yatıştırmak için makineye ihtiyacı var.

Annem eliyle saçlarını düzeltmek için uğraşırken bir yandan da paketleri açıyordu. O sırada kapı çaldı. Gelen bizim Profesör Mirket, önce beni çağırmaya geldi sandım.

Tam kapıya koşarken annemle konuşmalarını duydum. "Kadriye Yenge, ben bir roket yaptım da Mars'a göndereceğim. Eli boş pardon içi boş gitmesin diye bir araba koymak istiyorum, sizde fazla varsa alayım mı?" dedi.

Annem de zaten bütün siniri tepesinde olduğu için hiç düşünmedi bile, bizim arabanın anahtarlarını Profesör Mirket'in eline tutuşturup kapıyı kapatıverdi.

Öylece dondum kaldım. Dilimi eşek arısı soksun benim. Nereden çıkardım bu araba işini? Olan bizimkine oldu işte. Bu saatten sonra taa Mars'a gidecek. Vah garibim, depoyu fulleyip mahalleden zor çıkıyoruz, Mars'ın engebeli yüzeyinde iki metre bile gidemez.

Fikrin benden çıktığı anlaşılmasın diye yüzüme çok şekilsiz bir ifade verdim. Öyle şekilsiz ki Şakir'den başka her şeye benziyorum.

Olsun arabayı rokete yüklettiğimi babamlar anlamasın da neye benzediğim hiç önemli değil...

Uzaktan kumandalı arabalarımızı hiçbir şey yokmuş gibi sevmeye devam ettik.

Arabaları dizerken bir yandan da bizim emektarın başına neler gelecek onu çok merak ediyorum. Arabaları bırakıp gitmem lazım ama nasıl kaçacağımı bilemediğimden hemen mızıkçılığa başladım.

"Koskocaman adamlarsınız, ben çocuğum, en güzel arabaları kendinize ayırıyorsunuz, hâlbuki önce seçme hakkı benim olmalı.", dedim.

"Hele Necati Ağabey hangi arabaya elimi uzatsam; 'Onu ben seçtiim, önce ben gördüümm', deyip elimden kapıyor, oynamıyorum yaa," deyip ayrıldım yanlarından...

Babamla Necati Ağabey'in hiç umurunda olmadı.

Arabanın gittiğini babam henüz fark etmedi, rahat rahat oynasın garipler. Nasılsa büyük kıyamet kopacak, öncesinde çok eğlenirlerse belki hafif atlatırız.

Mirket'le Tanju Ağabey'in yanına geldiğimde bizim emektar köpekbalığını yokuşun başına kadar getirmişlerdi bile... Bir de asansör yapmışlar. Hangi ara hallettiler hiç anlamadım. Profesör bayağı yetenekli bir adam galiba ama biz mahallece kıymetini bilemiyoruz.

Asansöre yüklenen arabamız roketin üzerine yerleşti. Uzaya doğru gitmeye hazır görünüyor.

Tam bu sırada babamla Necati Ağabey koşmaktan kıpkırmızı olmuş halde yanımıza geldi. Meğerse aldığımız oyuncak arabaların kumandaları bizim emektarda kalmış.

Evin önünde arabayı göremeyince paniğe kapılmışlar. Neyse ki Profesör Mirket arabayı aldıktan sonra yere bir teşekkür notu bırakmış da oradan öğrenmişler arabanın nereye gittiğini...

Tabii babam kıyameti koparıyor, "Vermem arabamıı..." diye ama kimsenin dinlediği yok.

Bütün mahalle halkı uzaya roketle bir araba göndermeye öyle hevesli ki birkaçı babamı tutarken diğerleri bütün gücüyle roketi itiyor.

Tanju Ağabey de gofretlerinin peşinde sürekli bağırıyor.

"Ödül gofretleri benim, başka kimse alamaz, sonradan problem çıkmasın. Sadece mahalle ünlensin diye çalışıyorsunuz, bir tane bile vermeeemmm..."

Babam, "Bırakın arabamııı..." diye kendini paralarken Necati Ağabey bir anda roketin tepesine tırmanıp arabanın içine giriverdi.

Kumandaları almanın peşindeydi herhalde.

Onu yalnız bırakamazdım, başına her şey gelebilen en önemli kahramanımızı uzaya yalnız gönderemezdim.

Ben de peşinden bindim arabaya: Ne yazık ki mahalleliler ünlü olmaya öyle odaklanmıştı ki asla duraksamadılar. Roketi var güçleriyle itmeye devam ettiler.

Daha biz kumandaların nerede olduğuna bile bakamadan roket hızlandı.

Necati Ağabey sinirden elinin ayağının titrediğini sanıyor ama biz galiba havalanıyoruz. Necati Ağabey korkudan saçmalamaya başladı. Mars'a gidemezmiş, daha çok gençmiş. Sanki ben yaşlıyım, istemediğim uzay yolculuklarına katılmamak en az onun kadar benim de hakkım. Ama bak sesim çıkıyor mu?

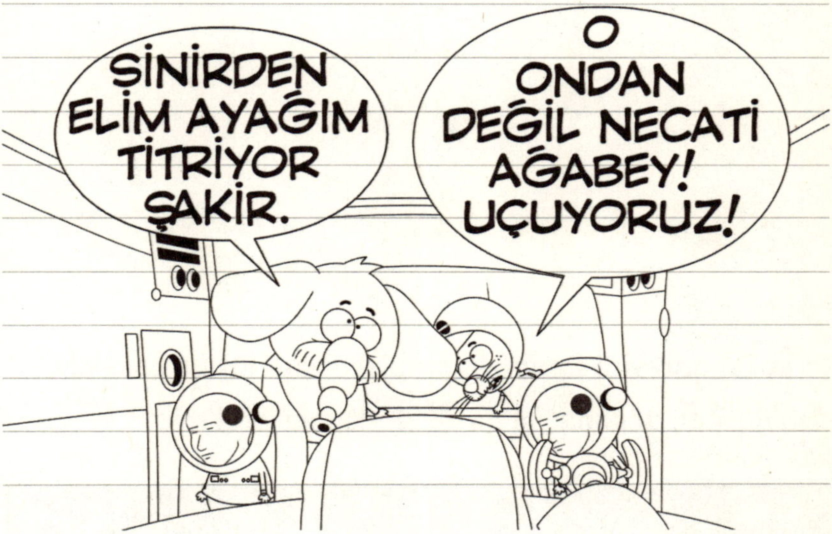

Paşa paşa gökyüzüne doğru yola çıktık. Atlayacak halimiz yok ya, mecbur yapacağız bu yolculuğu.

Aşağıdan bakınca yukarı doğru kayan yıldız gibiyizdir herhalde.

Hoş bir görüntü veriyoruzdur kesin. Ama yıldızın içinde olmak yeterince korkutucu bence, bindik bir alamete, gidiyoruz felakete mi acaba?

Roket görevini tamamlayıp bizi uzaya taşıyınca araba-
dan ayrıldı, yörüngeye girdik dönüyoruz iyi mi?

Yahu üzerimizde kot pantolon, gömlek filan var. Böyle astronot mu olur, sabah yüzümü de yıkamamıştım. Gözümde çapaklarla uzaydan dünyaya bakıyorum resmen...

Tamam, güzelmiş hakikaten bizim gezegen. Gerçi özgüveni eksik gibi, biraz mahcup yaşlı bir teyzeye benziyor sanki...

İnanmayacaksınız ama biz uzay boşluğunda öyle çok döndük ki artık sayamaz oldum.

Eğer bir gün aşağı inebilirsek hayatım boyunca dönme dolaba, balerine, atlıkarıncaya binmemeye yemin ettim.

Necati Ağabey'in meğer ne kadar gür sakalları varmış. Mağara adamına, daha doğrusu taş devri mamutuna benzedi. Sakalların boyuna bakılırsa aylardır dönüyoruz.

Arabada olan bütün yiyecekleri beş gün önce bitirdik, Fil Necati Ağabey son iki gündür bana iştahla bakmaya başladı.

Sanırım beni tavuk dönerli sandviç gibi görüyor.

Sakin olmak için uğraşıyorum ama bu kadar acıkmış bir Fil Necati Ağabey'in önünde ben değil dünyanın en cesur adamı bile sakin duramaz. Etrafta yardım edecek kimse de yok. Uzay boşluğunda öyle savrulup duruyoruz.

Yine de ümit işte... Camdan dışarı baktım belki uzaylı falan görürüm de beni kurtarırlar diye, o kadar çaresizim yani. Fil Necati Ağabey'le yalnız olmaktansa bilmediğim gezegenlerden gelen tanımadığım uzaylılarla olmayı tercih ederim.

Ben telaşla uzay boşluğunu gözlerimle tararken resmen bir mucize oldu. Mars gezegeni tam karşımızdaydı, döne döne oraya gelmişiz.

Dünyadan bakarken bir kere görmüştüm. Kızıl olmuştu da bütün gazeteler yazmıştı. Neyse şimdi çok da kırmızı değil gibi...

Bilgisayar oyunlarında tehlikeli işler hep kırmızı renkle oluyor ya o yüzden biraz tırsıyorum.

Ama yapacak bir şey yok.

Ya tavuklu sandviç görüntüsünde açlıktan deliye dönmüş Fil Necati Ağabey'in midesine gideceğim ya da hafif kızılımtırak Mars'a ineceğim.

İki tehlikeden biri, uzak olanı seçtim.

Mars'a inmek için itici bir güç gerekiyordu.

Alışverişten sonra arabada unuttuğumuz annemin saç kurutma makinesi işimize yarayabilirdi.

Neyse ki Mirket astronot kıyafetli iki tane mankeni arabaya yerleştirmişti. Onların üzerindeki kıyafetleri giydik. Saç kurutma makinesini çakmak şarjına takıp çalıştırdım ve ucunu pencereden dışarı çıkardım. Ben de şaşırdım ama oldu.

Mars'a doğru yavaş da olsa ilerliyorduk.

İyi ki de öyle oldu, tam yüzeye yaklaşırken Necati Ağabey bacağımdan beni ısırmaya başlamıştı.

Üstümdeki kıyafetle aynı tavuk dönerli dürüm gibiymişim, öyle diyor.

Saç kurutma makinesini doğru yönde tutmak, aynı anda bacağımı Fil Necati Ağabey'den kurtarmak, herkesin yapabileceği şeyler değil arkadaşlar.

Çok yetenekli ve akıllıyım, ukalalık olarak almayın ama gerçekten öyleyim.

"İnanmıyorum, sağ salim inmeyi başardık. Mars'a inen ilk Dünyalı bizleriz!" diye tam seviniyordum. Yeni yılın en soğuk esprisi yine bizim Fil Necati Ağabey'den geldi. "Inh! Bu benim için küçük, ama Şakir için epey büyük bir adım! Çünkü Şakir 36 giyiyor, ben de 48!"

Bir anda kızıl gezegen bile bu soğuk espri yüzünden hafif mavileşti. Necati Ağabey'in umurunda mı paytak paytak koşmaya başladı, bekle diyorum.

"Sona kalan dona kalır." diyor. Ne donu yahu, bilmediğimiz bir gezegendeyiz. Navigasyon yok, harita yok, telefon çekse babama konum atacağım, o da yok.

Uzaydayız ama teknoloji sıfır, hep daha gelişmiş uygarlıklar var derler, hani nerede?

Gelip beni Necati Ağabey'den kurtarsınlar, evime dönmek istiyorum. Sağ salim, yok tastamam, bu daha uygun oldu, kolum bacağım eksilmeden dönebilirsem ne mutlu bana...

İleride bizi buralara kadar getiren baş belası roketi bulduk, içine girdik. Tabii ki yiyecek arıyoruz. Ama doğal olarak yok. Mirket insansız uçuşa niye yiyecek koysun ki?

Necati Ağabey bu uçuşun insansız uçuş olamayacağını, olsa olsa insafsız uçuş olduğunu söylemeye başladı. Elinde birkaç tane cips bir de tavuk dönerli dürüm kalmış, öyle diyor.

Ne olur ya bu macera bitsin. Kısacık hayatımı dürüm olarak bir filin midesinde tamamlamak istemiyorum.

Aklıma gelen tek çare cipsleri toprağa ekip patates üretmekti. Necati Ağabey sondan bir önceki yiyeceğini vermemek için çok direndi ama sonuncu yiyecek ben olduğum için bu sıralamayı durdurmak zorundaydım.

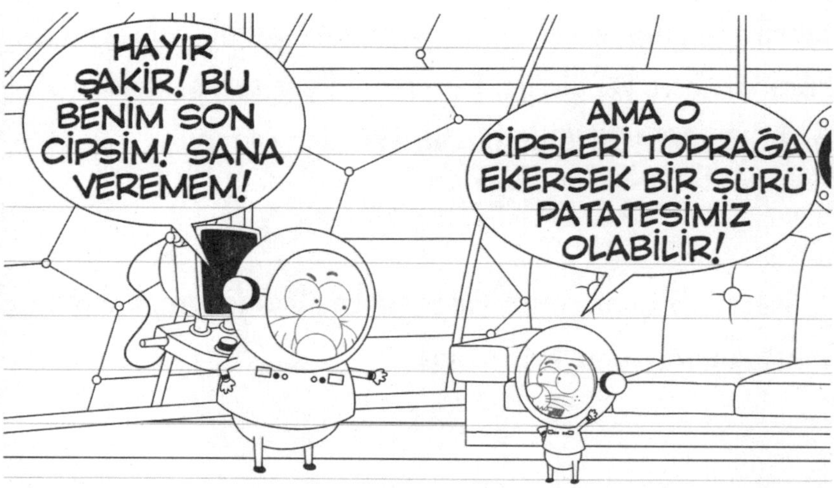

Cipsleri toprağa diktik, gerçekten de bir süre sonra fideler büyümeye başladı. Mars'ın havasından mıdır suyundan mıdır bilemedim. Patates çıkmadı, doğrudan cips çıktı fidelerden. Hem de paketli...

Dünyaya dönmeyi başarabilirsem mutlaka deneyeceğim. Fabrikaya falan gerek yok. Bakkaldan cipsi al, bahçeye ek, çıkanları hem kendin ye, hem mahalleye sat, gerçekten muhtişim bir fikir oldu bu, tam benden çıkmalık...

Mars'taki günlerimizi video ile kaydediyorum, bulunamazsak bari izimiz kalsın diye...

"Başardık! Uzay cipsini üretmeyi başardık! Ünlü şef Fil

Necati patatesten değişik tarifler uyguluyor. Patatesten salata, patatesten kebap, patatesten tatlı, patatesten patates, hatta patatesten ayran bile yaptı. Ama zaman geçmek bilmiyor. Umutsuzluğa kapılmaya başladık. Ve dışarıdan değişik sesler geliyor. Kapana kısılmış hissediyoruz."

Karizmatik pilot sesimle ilk cümlelerimi söylerken kapı çaldı, nasıl yani?

Arabadayız biz, Mars'tayız, misafir nereden gelecek ki?

Bir ihtimal gezegenin sahipleri hayırlı olsun diye uğramış olabilirler.

Hayırlı olmasın tabii biz kalıcı değiliz. Necati Ağabey'e hava değişikliği olsun diye geldik, okullar açılırken döneceğiz. İyice saçmalamaya başladım. Necati Ağabey'in durumu da benden farklı değil. "Eyvaah misafirlerim erken geldi, daha patates sütlacım bitmemişti."

Patates cipslerinden her türlü yemeği yapıyor Fil Necati Ağabey, en son cips ayranı deniyordu. Bak sütlaç yaptığını hiç söylemedi bana, açgözlü…

Kapı ısrarla çalmaya devam ediyor. Necati Ağabey annemin bir sözünü hatırladı.

Misafirperverlik her sorunu çözermiş, yani gelenleri hoş karşılayıp ikramlarda bulunursak başımız belaya girmezmiş. Böyle dedi ve açtı kapıyı…

Karşımızda iki tane Marslı duruyor, ellerinde garip aletler. Tabii ki ilk olarak niye buraya geldiğimizi sordular.

Ben daha cevap veremeden Necati Ağabey iki uzaylıyı da kucakladığı gibi koltuklara götürüp oturttu. Ellerine birer tabak patates cipsi salatası tutuşturuverdi. Üzerinde önlüğü, telaşlı ev sahibi edasıyla patates çayı içip içmeyeceklerini de sordu. Uzaylılar çok sevdiler Necati Ağabey'i...

"Sizi düşman sandık, yakalamaya gelmiştik. Ama misafirperverliğinize hayran kaldık. Ayrıca tarifi ne bu salatanın, acayip güzelmiş."

Necati Ağabey maharetli ev sahibi rolünü öyle benimsemiş durumda ki sinirlendi hemen. "Ne? Tarifi mi istiyorsun? Asla vermem, asla. Ben yaptım bunu!"

Hemen konuya girip önce Necati Ababey'i susturdum, sonra da dünyaya dönmek için misafir Marslılardan yardım istedim.

Bir tanesi, "Uzay seyahati çocuk oyuncağı, ama yıllardır böyle güzel yemek yememiştim ben. Haydi verin tarifi!" deyince başka çaremiz kalmamıştı.

Neyse ki Necati Ağabey kararını çabucak verdi. Ya yemeklerinin tarifini vermeyip sonsuza kadar patates yiyecekti ya da tarifi verip en sevdiği kadayıf, kebap, dürüm, lahmacunlara yeniden kavuşacaktı.

Marslı'nın kulağına tarifi fısıldadı. Bak bak benim bile duymamı istemiyor, bu Necati Ağabey de ne tuhaf...

Gezegende bir gün daha kaldık. Necati Ağabey yaptığı tüm patatesli yemek çeşitlerini Marslılara anlattı, hafiften televizyon yemek yarışması programı formatında çalıştılar.

Onların yaptığı hiçbir yemeği beğenmedi. Baktım ki bu gidişle dünyaya dönmemiz çok zaman alacak, yaptıkları her şeyi yiyip çok güzel, muhteşem, olağanüstü olduğunu söyledim.

O andan beri Necati Ağabey kapris yapıp benimle yarım yamalak konuşuyor.

Tam hamarat ev sahibi. Küsmesi bile anneme benzedi. Önemli değil, ben dünyaya dönünce ona üç tane bir buçuk İskender söyler, hızlıca gönlünü alırım nasılsa...

Marslıların uzay gemisine bindik, gözümü iki kere kırpmıştım ki Profesör Mirket'in laboratuvarından içeri girdik.

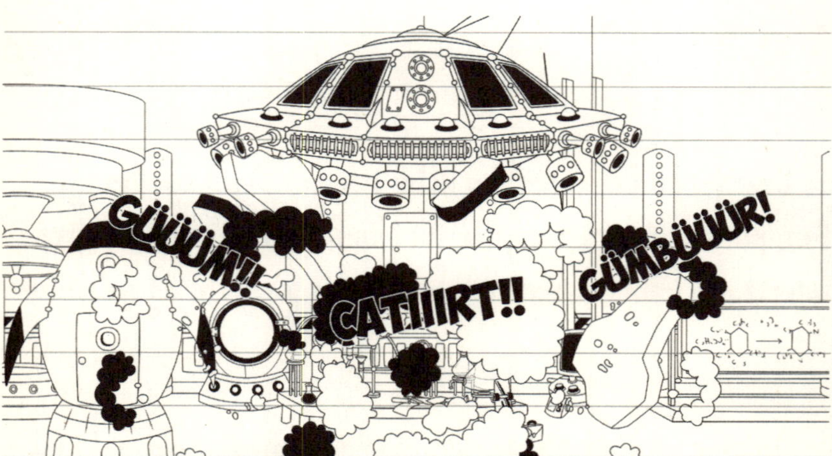

Gerçekten de ileri uygarlık seviyesi bu olsa gerek. Bizim altı ayda gittiğimiz yolu, altı saniyede hallettiler.

Teknolojinin gözünü seveyim. Büyüyünce mühendis olup bu konuda çalışmaya kesin karar verdim. Kendimi uzay teknolojisine adamam lazım. İlk adım olarak da bilgisayarda bol bol galaksi oyunu oynayacağım. Sonra derslere de bakarım bir ara...

Yanlış mı diyorsunuz? Tamam o zaman biraz oyun, çokça ders diyelim, ortada anlaşalım.

Üstelik mühendis olursam çok şahane oyunlar da yaratabilirim, kahramanları bizim aile olur. Hem yaratırken hem oynarken gülmekten karnımıza ağrılar girer artık...

Necati Ağabey'i çok sakin ve az yiyen zayıf bir fil yapacağım, uzayda bana yaşattığı tavuk dönerli dürüm olma korkusunun intikamı çok acı olacak.

Marslılar bizi bırakıp aynı hızla geri döndüler. Arkalarından el sallamak istedik ama bizim ellerimiz havaya kalktığında onlar muhtemelen gezegene geri dönmüşlerdi.

Annemle babam da laboratuvardaydılar.

Meğerse bizi kurtarmak için Mirket Ağabey'e bir roket daha yaptırmışlar, tam yola çıkıyorlarmış.

Babam roketin içindeydi, kokpit camından beni görünce çok sevindi.

Annemle sarılmıştık, o da kemerini çözüp roketten çıkmaya çalışıyordu, birden bir gürültü koptu.

Babam roketi durdurması için Mirket Ağabey'e bağırırken roket hareket etti. Biz gelmeden birkaç saniye önce Mirket Ağabey ateşleme düğmesine basmış. Geri alma seçeneği yokmuş. Şu halimize bakar mısınız? Birkaç saniye yahu, babam gidiyor şimdi de.

Ne yaşadıysak aynısını o da yaşayacak. Necati Ağabey "Yanında cipsle tavuk dönerli dürüm yoktur değil mi? Verseydik keşke..." dedi. Ama çok geç, babam yörüngeye oturup dönmeye başlamıştı bile...

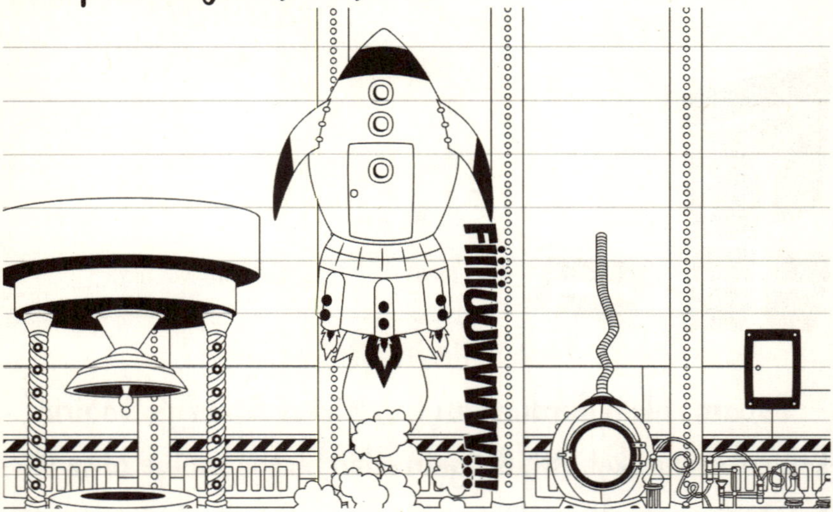

Şu anda ne mi yapıyorum? Vida sıkıp, makine yağı dökerek Mirket'e yardım ediyorum. Üçüncü roketi yapıyoruz, gidip babamı alacağız.

Bizim ailenin lanetli olduğunu düşünmeye başladım.

Babamı alacağız, ben kalacağım, beni alacaklar, Necati Ağabey kalacak, onu alacağız, Canan kalacak, Canan'ı alacağız, dedem kalacak, bu böyle sonsuza kadar sürecek galiba...

Belki siz de yardıma gelirsiniz, Eray'ı alırız Mert kalır. Mert gelir, Bade kalır. Bade'yi almaya Buğra, Alp, Ercan, Ahmet, Sena gider, onlar kalır. Onları almaya Süleyman, Mehmet, Can, Beliz, Ceren, Bora, Baran, Gülay gider, onlar kalır. Onları almayaaa... Ahhh bittiiiiiimmm beeeeennn...

EN ESKİ SPOR!

ROOAAARRRR!!
AHH!!
ŞAKİİR! YARDIM
ET BANA! AYAĞIM
SIKIŞTI! ŞAKİİİR!!
AHH!

Kış günleri nedense kısa oluyor. Okuldan eve gelip birazcık oyalansanız bir bakmışsınız ortalık geceye dönmüş. Zaten hava soğuk, dışarıda olmak keyifsiz, bir de güneş kaybolunca oyun oynama hevesi filan kalmıyor içinizde. Bilgisayar oyunlarına çok zaman ayırmamız belki de bu yüzdendir.

Seçme şansım olsa, sokakta arkadaşlarla futbol ya da basketbol oynamayı, ekranda sahtesini oynamaya tercih ederim aslında... Ama bahar gelene kadar açık havada oyun şansımız olmayacak sanırım.

Necati Ağabey de benim gibi düşünüyor, ekran başında oyun çubuğunu eline alınca ondan hızlısı yok. Yine de geleneksel yöntemleri sevdiğini biliyorum, okulda geçen hafta yaptıklarından anladım bunu...

Biliyorsunuz kendisi bizim okulda temizlik işlerine yardım ediyor.

Elinde kovası ve paspasıyla basketbol sahasını temizliyormuş.

Ortada kimse olmayınca dayanamamış, bir iki basket atmak istemiş. Topu sürüp potaya smaç basmayı denemiş, fakat fazla hızlı gidince potayı ıskalayıp doğrudan direğe bindirmiş.

Bir gariban okul basket potası o, koca filin ağırlığına nasıl dayansın? Dayanamaz tabii. Direk yamulmuş, pota yere devrilmiş.

Bizimki hıncını toptan almak istemiş. Var gücüyle duvara fırlatmış. Top da geri gelip Necati Ağabey'in kafasından sekmiş.

Garibim iki gün baş ağrısı çekti. Potayı tamir etmeyi denedik ama acayip garip bir şeye dönüştü, potadan çok çöp öğütme makinesine benzedi.

Bizim beden eğitimi öğretmeni hemen haberi aldı, o günden beri her fırsatta Necati Ağabey'e yükleniyor. Bu sabahki derste hepimiz oturmuş beden eğitimi öğretmeninin söylediklerini dinliyorduk.

O yine konuya aynı yerden girdi;

"Evet, çocuklar, bildiğiniz gibi okulumuzun hizmetlilerinden Necati Ağabey'iniz tam bir sakar olduğu için basket potamızı parçaladı. Sonra da kendi çapında düzeltmeye çalıştı. Öhöm neyse... Yeni potamız yapılana kadar beden eğitimi dersini sınıfta yapmak zorundayız çocuklar... Ben de ders saatini bir şekilde doldurmam gerektiği için, sizlere ödev vermek zorundayım. Hayatım boyunca sadece düdük çalıp, top oynadım ben. Ödevlerden hiç anlamam."

İşin ucu yine bize dokunmuştu. Kış günlerinin aydınlık saatleri okul zamanına denk geldiğinden açık havada spor yapmak sadece beden eğitimi derslerinde mümkün oluyordu. Şimdi Necati Ağabey'in sakarlığı yüzünden o şansımızı da kaybetmiştik.

Zafer öğretmen, bulabildiği en iyi ödevi verdi. Dünyada en az bilinen sporlar üzerine bir araştırma yapacaktık. En az bilineni bulan yüz puan kazanacaktı.

Necati Ağabey buna bir sevindi ki sormayın. Hopladı, zıpladı niyeyse. Ben hiç anlam veremedim.

Sonra dengesini kaybedip sıranın üstüne düştü, onu kırdı. Devlet malına zarar vermede rekora doğru gidiyor kendisi...

Teneffüste bahçeye çıkıp biraz düşünmek istedim, oksijen alınca beyin iyi çalışırmış öyle derler. Deneyip işe yarıyorsa başka alanlarda da kullanmayı hedefliyordum.

Duvar kenarına sinmiş, aklımı toplamaya çalışırken Akbaba Cemşit ve arkadaşları da duvarın öbür tarafında yağlı güreşçilik oynuyorlardı.

Eski spor denince akıllarına bu gelmiş herhalde, ne kadar sığ düşünüyorlar... Güreş herkesin bildiği bir spor, bununla ödül kazanılmaz ki!

Akbaba oyunu durdurup arkadaşlarına planını açıkladı, bu arada ben de duydum tabii...

Dünyanın en eski sporuna ait belgeler Kars'ta bir mağarada bulunmuş, öyle söyledi.

Kars'a ondan önce benim gitmem lazım, o yüz puanı Akbaba Cemşit'e kaptıramam.

Eve geldiğimde bizimkiler yine ekran başındaydı ve kendilerini kaptırmış oyun oynuyorlardı.

Yanlarında on dakika dikildim ama beni fark etmediler bile... Ben de en tiz sesimle "Babaaa..." diye bağırmaya başladım.

Necati Ağabey gözünü ekrandan ayırmadan babamı uyardı;

"Remzi, salonunuzda bir çocuk var."

"Neye benziyor?"

"Baba diyor..."

"O zaman benim oğlum bu..."

Bu gereksiz diyalog içimi bunalttı. "Baba... Ben Kars'a gidiyorum!" dedim. Ben olmaz, gidemezsin demesini beklerken babam oyuna öyle kaptırmış ki ne dediğimi anlamadı bence. "E hadi görüşürüz..." dedi.

Kars'a gidip en eski sporu öğreneceğimi, bunu başarırsam yüz puan alacağımı, annemin "Ben bulaşık yıkıyorum, baban götürsün." dediğini söyledim.

O da hıı hıı deyip kafasını salladı. Ben de fazla üstelemedim; "Tamam o zaman sabah yedide yola çıkarız." diyerek konuyu işime geldiği şekilde kapattım.

Haklıymışım, babam aslında söylediklerimin hiçbirini anlamamış. Oyunu kaybetmemek için hıı hıı diyormuş.

Ama geçmiş olsun, bana söz vermiş oldu. Babalar çocuklarına verdikleri sözleri tutmak zorunda. Çok geçerli bir bahaneleri olmadıkça dediklerini yapmaları gerekir.

Üçümüz sırt çantalarımızı yüklenip yola çıktık.

Arabamız tamirdeydi, ama Kars da yürüyerek gitmek için biraz fazla uzaktı.

Biz daha sokağın köşesini bile dönmemiştik ki Akbaba

Cemşit'le Kürşat siyah bir ciple tam yanımızda duruverdiler. Kürşat camı açıp bir kolunu kenara dayayarak acayip havalı bir şekilde nereye gittiğimizi sordu.

Kars'a gittiğimizi söyledim, Necati Ağabey ise sinemaya gittiğimiz konusunda ısrarcıydı.

Niye sırt çantalarıyla sinemaya gittiğimizi sorduğumda ise gözüne ışık tutulmuş tavşan gibi boş boş baktı bana...

Akbaba Kürşat; "Aaa siz de mi Kars'a gidiyorsunuz. Şansa bak biz de oraya gidiyorduk. Neyse hadi size iyi yolculuklar. Bir yılda anca gelirsiniz huhahaha!"

Akbaba ne yazık ki haklıydı, İstanbul-Kars arası 1.400 km filan olmalı, günde 10 kilometreden fazla yürüyemeyiz.

Hatta Necati Ağabey'i 5 kilometre saymak lazım. Hatta yemesi, içmesi, şekerleme yapması, sonra yeniden acıkması derken onun ortalaması 3 kilometreye filan gelir. Yok, yok biz gerçekten Kars'a yürüyerek bir yılda anca gideriz.

Tam o sırada yanımıza Tanju Ağabey geldi, bir karton gofret karşılığında bizi Kars'a götürebilirmiş.

Necati Ağabey karton lafına takıldı. Tanju Ağabey bir düzine gofret istiyor aslında, ama Necati Ağabey onu kartondan yapılmış gofret sandı. Daha önce hiç yememiş, canı çekiyormuş, bu nasıl bir iştah yaa...

Tanju Ağabey ile Kars'ın ne alakası var diyeceksiniz ama demeyin, var işte... Gençliğinde aydınlanmak için bisikletle taa oralara gitmiş.

Babam merak etti; "O kadar yol gittin, aydınlandın mı bari?" diye sordu, yok pek bir faydası olmamış.

Gofreti bir koşu gidip bakkaldan alıp geldim, Tanju Ağabey'e verdik, merakla yol göstermesini bekliyoruz.

Ne dese beğenirsiniz?

"İşte buradan! Tam şu ilerisi Kars... Bir yıl boyunca dümdüz yürüyün. Sonra sağa dönün."

Ay çok şükür şakaymış, bisikletle daha çabuk gidebilirmişiz, onu söyleyecekmiş.

Bir karton gofret için yetersiz bir bilgi ama anlaştık bir kere... Neyse ki hurdalıktan hepimizi taşıyacak dört kişilik bir bisiklet buldu da aramızdaki anlaşma biraz daha mantıklı hale geldi.

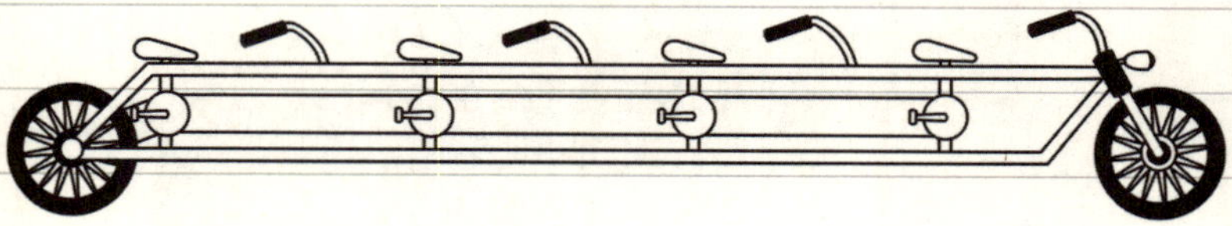

Kendisi en öne oturdu, Necati Ağabey'i de bisikletin ortasına sığdıramadığımız için en arkaya attık. Necati Ağabey Nasrettin Hoca gibi ters oturdu, biz de haritalara bakma görevini ona verdik.

Pedal bile çevirmiyor, hâlbuki biz bacak kuvvetiyle taa Kars'a kadar kaç tonluk fili taşıyacağız.

Oflaya puflaya saatlerce pedal çevirdik, tam da artık yaklaşmışızdır diye düşünüyordum, aa bir baktım, annem çöpleri çıkarıyor. "Ay ne çabuk döndünüz ayol?" dedi.

Gitmemişiz ki bizim mahallede dönüp duruyoruz demek ki kaç saattir...

Tanju Ağabey bisikletin yükü fazla olunca gidonu hareket

ettirememiş, devamlı sağa dönük tutmuş. Bisikletin direksiyonuna gidon deniyor bu arada. Arada kullanın, havanız olur. Eh hep aynı yöne doğru giderseniz, kocaman bir daire çizip başladığınız yere geri dönersiniz. Biz de gidememişiz yani, dönmüşüz sadece...

Babam duruma el koydu.

Elimizdeki haritayı güzelce yere serdik, kırmızı kalemle İstanbul-Kars arasına bir rota çizgisi çektik.

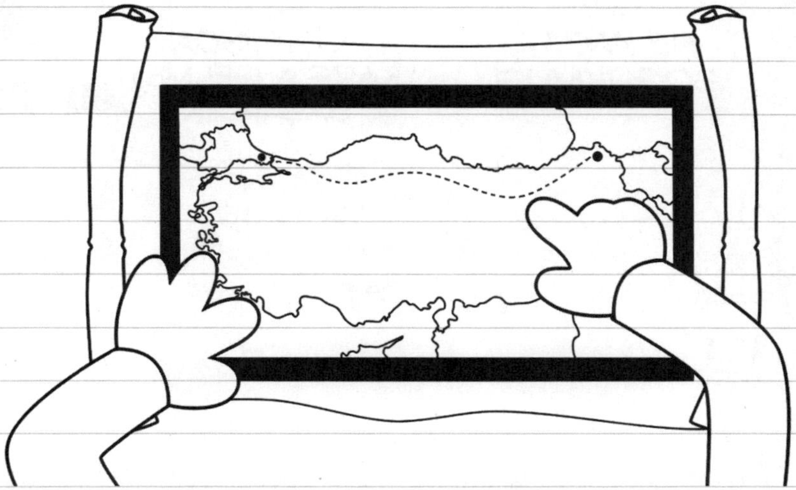

Tanju Ağabey böyle gidemeyeceğimizi iddia ediyordu, ama başardık.

Dört günlük bir yolculuktan sonra ülkemizin en doğusunda kalan bu tarihi şehre varmıştık.

Güzeldi ama ne yalan söyleyeyim çok soğuktu ve kar yağıyordu.

Annem akıllı kadın, üşürüz diye sırt çantalarımıza kar montlarımızı koymuştu, hemen onları giydik.

Karnımız açtı, en yakındaki lokantadan içeri girdik, başka şansımız yoktu zaten. Necati Ağabey acıklı bir uzun hava söyleyerek ağıt yakmaya başlamıştı. "Aman, amaaannn, yandıım anaaammm, açıımmm, yok mu kurtaraaannn..."

Ya yemek bulacaktık ya da kulaklarımız bu faciaya dayanamayıp sonsuza kadar duymayı bırakacaktı.

Babama; "Eee Kars'a da geldik, şimdi nasıl bulacağız dünyanın en eski sporunu?" diye sordum.

Biz onu bulmayacakmışız, o bizi bulurmuş, çünkü filmlerde hep böyle oluyormuş.

"Babam işte... bu kadar iyimser başka birini tanımıyorum, olmayacak işlere nasıl güzel inanıyor hayret bir şey..." dedim içimden.

Ama yanılmışım, haklıymış babam...

Yüzü örtülü biri yanımıza yaklaştı. Necati Ağabey'e doğru eğilip, kısık bir sesle;

"Hey... Pişşt... Neye ihtiyacınız olduğunu biliyorum... Sen koca kulak, iki dakika sonra çıkışa gel... Yalnız olarak..." dedi.

Necati Ağabey; "Bana demedi yaa, size dedi, hayır yani benim nerem koca kulak? Başka birini kastetmiştir herhalde..." diyerek durumdan kendini kurtarmaya çalıştı.

Ama mecburduk, ite kaka zorla gönderdik.

Başına bir şey gelmesin diye bir köşeye saklanıp uzaktan olacakları izlemeye başladık. İyi ki de öyle yapmışız, meğerse bizim yüzü örtülü gizemli adam Goril Ercan'mış. Tilki Necmi de yanında, akılları sıra Necati Ağabey'i tenhada kıstırıp dünyanın en eski sporunu bulmamıza engel olacaklar.

Tam yerimizden fırlayacakken ortaya bilge bir dede çıktı. Adam öyle bir geldi ki ışınlanmış gibiydi. Yürüdüğünü bile görmedik.

Bir anda karate yapmaya başladı, ama kimseye vurmuyordu. O ellerini oynattıkça etraftaki kutular, eşyalar havalanıyor, gidip Goril Ercan'la Tilki Necmi'nin kafasına düşüyordu.

Birkaç dakika içinde sorun bitti, Necati Ağabey'i unutup arkalarına bakmadan kaçtılar.

Babam bir umut Necati Ağabey'e "En eski sporu öğrenebildin mi?" diye sordu, ama öğrenememiş. "Onlar Akbaba Kürşat'ın adamlarıymış, bu amca olmasa beni engelleyeceklerdi." dedi.

Eh biz biliyoruz zaten. Film seyreder gibi izledik az önce. Ama garibim öyle korkmuş ki bizim onu yalnız bırakmadığımızı, her an bir şey olursa diye kurtarmak üzere hazır beklediğimizi bile fark etmemiş. Bilge Dede dünyanın en eski sporunu neden aradığımızı sordu. Okul ödevi için gerekli olduğunu söyledim.

"Unutma evlat... Köpek suya düşmedikçe yüzmeyi öğrenmez..." dedi. Anlamadım tabii. Hiç birimiz anlamadık, bilge ya herhalde ondan böyle konuşuyordu.

Necati Ağabey, cümlenin içinde köpek lafı geçince Tanju Ağabey'den bahsettiğine karar verdi. "Oğlum bak sana söylüyor, iteceğim şimdi seni, düşünce kalkmayı da öğreneceksin, haa haaa..." dedi.

Ama Tanju Ağabey bu soğuk havada suya girme işine takılmıştı. Düşerse kalkabilirmiş, ama ortalıkta domuz gribi falan dolaşıyormuş. Hasta olursa onunla baş edemezmiş.

Üzüldüm haline, üşenmeyip Bilge Dede'nin anlattıklarının onunla ilgisi olmadığına ikna ettim de rahatladı biraz...

Bilge Dede; "Su her zaman yolunu bulur. Beni takip edin..." dedi ve hoplaya zıplaya yanımızdan uzaklaşmaya başladı.

Biz de peşine düştük. Bir tek Tanju Ağabey geride kalmıştı. Hâlâ kendi kendine "Hayır niye ben suya düşüyorum canım, anlamadım ki, başkası düşsün yaa..." diyordu.

İkna edememişim demek ki. Tanju Ağabey'de grip fobisi var sanırım, anneme söyleyeyim de her gün ıhlamur-limon kaynatsın ona. Kendini güvende hissederse kurtulur belki bu korkusundan...

Hepimiz hızlı hızlı Bilge Dede'nin peşinden gidiyoruz, dede dedik diye yanlış anlamayın. Bilge Dede o yaşına rağmen acayip hızlı. Kedi gibi atlaya zıplaya ilerliyor.

Şimdi de kayalıklara tırmanmaya başladı. Ben öndeyim de Necati Ağabey pes etti bile. Bir kenara oturmuş babama katırtırnağının yenip yenmeyeceğini soruyor.

Belki bilirsiniz, kayalıklarda açan sarı renkli bir çiçektir. İsmi niye böyle demeyin onu bilmiyorum. Babam "Kimyasal yapısını bilmiyoruz, o yüzden yememen lazım..." dedi.

Necati Ağabey ikna olmadı. Sorunlarımız olunca, bunalınca tırnaklarımızı yiyorsak, şimdi de bunu yiyebilmesi lazımmış.

Katırtırnağı da dense güzel gözüküyormuş, ne yani açlık

problem sayılmaz mıymış? Çok seviyorum, çok iyi bir fil ama bu yemek düşkünlüğü beni daraltıyor. Yarım saatten fazla bir şey yemeden duramıyor.

Böyle nasıl macera yaşayacağız, ikide bir mola verirsek aksiyonu nasıl devam ettireceğiz? Bana göre sorun yok ama okurlarımız sıkılacak diye korkuyorum.

Tırmanış bitti, dar bir girintiden kayaların içine doğru süzüldük. Yarı aydınlık gizemli bir mağaraya gelmiştik. Ne yazık ki Akbaba Cemşit ve ekibi de oradaydı. Termosla çay bile getirmişler. Bisküvi yiyip çay içerek bizim Bilge Dede'yi bekliyorlardı.

Ne dedim ben? Yiyecekten bahsettim değil mi? Yoksa hayal mi gördüm? Ortamdan mor bir hava akımı geçti, sonrasında birkaç saniye içinde bütün bisküviler ortadan kayboldu.

Nasıl becerdi anlamadım ama Necati Ağabey bir rüzgâr gibi esip bütün bisküvileri yok etmeyi başardı, paketiyle mi yedi bilmiyorum. Öyle hızlıydı ki benden başka hiç kimse onun yaptığını anlamadı, hepsi şaşkın bir şekilde boş kalmış ellerine bakıyorlardı.

Akbaba Cemşit bisküvileri boş verip; "Biz de seni bekliyorduk dede. Dünyanın en eski sporunun yazılı olduğu belgelerin burada saklı olduğunu biliyoruz.

Hadi göster belgeleri de hemen şu yüz puanımı alayım." diyerek konuya döndü.

Bilge Dede onların gelişinden pek memnun değildi sanırım. Onlara ters ters bakıp; "Öğrenilmez kolay kolay her şey, verecek sınavını her birey..." dedi.

Ne demekse artık, burada bile sınav var ya. Eğitim hayatımız hiç bitmeyecek galiba, her yerde her zaman devam ediyor.

Bilge Dede, Akbaba ile beni iki yanına oturttu. Tam sınav düzenine girdik, hadi bakalım neler olacak…

"Madem ikiniz de öğrenmek istersiniz bir şeyler, yapalım o halde bir takım testler."

Babam, "Neden her bilge böyle konuşuyor, öyle yapınca güzel mi oluyor ?" diye sordu. Necati Ağabey, etkilenmiş herhalde, aynı şekilde cevap verdi; "Ne bileyim Remzi sorma bana, azıcık oturayım kaysana yana..."

Bilge Dede gözlerini kapatıp gizemli ve sakin bir sesle; "Şimdi herkes dinginleşssin, beynini her şeyden temizlesin. İkinizin de zihnini okuyacağım, hiçbir şey düşünmeyeni tak diye bulacağım." dedi.

Canan arada yapıyordu, meditasyon diyorlar buna, biliyorum ama yapması çok zor. Deneyin bakın göreceksiniz. Hiçbir şey düşünmemem lazım dediğiniz an aklınıza bir sürü fikir geliyor, engel olamıyorsunuz.

Babam yandan beni desteklemeye başladı bile; "Hadi aslan oğlum, yapabilirsin. Hiçbir şey düşünme, aynı Necati Ağabey'in gibi."

Necati Ağabey iyi bir örnek değil. Onun aklı sürekli yemeklerde, asla düşüncesiz kalamıyor.

Kalabilse yarım saatte bir yemek aramamız gerekmezdi.

Başladık, kendimi zorluyorum beynim boşalsın diye, normalde düşünmeyeceğim her şey aklıma gelmeye başladı işte. Zıplayan kediler, göbek atan dolap, bıyıklı balıklar... Offf bu çok zor... Market arabası, halay başı, salı pazarı... Durduramıyorum kendimi yaa...

Bilge Dede kendimizi uzayda hissetmemizi söyledi, hiçbir şey yok, sonsuz bir boşluktayız gibi sanırım... Zorladım, oldu herhalde, Bilge Dede de başardığımızı söyledi.

Eee yani ikimiz birden mi? Evet ne yazık ki öyle olmuş, durum berabere, ne olacak şimdi?

İkinci sınav açık havada olmak zorundaymış. Mağaradan çıkıp, masallardaki gibi çok güzel bir ormana geldik. Tatlı bir rüzgâr esiyor, kuşlar ötüyor, hava tertemiz, acayip bir sessizlik var. Burada olmak bir anda çok iyi geldi bana, içimi sevinç doldurdu.

Bilge Dede; "Dinliyor musunuz? Suyu, rüzgârı, kuşları... Hepsi konuşur sizinle... Sadece dinlemeyi bileceksiniz..."

Ben kendi adıma duyuyordum hepsini ve çok da mutluydum. Ama Akbaba Cemşit aynı fikirde değildi.

"Kıhıhıh... Nasıl konuşacak rüzgârla su? Ne saçmalık..." dedi. Ne duyarsız biri bu Akbaba Cemşit, onunla yarışmaktan utandım kendi adıma... Bilge Dede de kızdı sanırım. Cemşit'in kafasına bastonuyla ufaktan vurmaya başladı.

Sınavımız başlamıştı; "Ormanın tam ortasında duracaksınız... Suyu, havayı, doğayı, en önemlisi kendinizi dinleyeceksiniz.

Şimdi ben saklanacağım. Beni bulmayı başarırsanız bu ödül sizin olacak..." dedi.

Bilge Dede, cebinden çıkardığı eski bir kâğıdı gösterdi bize, üzerinde renkli parlayan bir taş vardı. Dünyanın en eski sporu bu kâğıtta yazıyormuş.

Akbaba; "Eh bu kadar mı yani ?" diye sordu. Bu kadar değilmiş, olamaz zaten, bizim hikâyelerde aksiyon hiç bitmez. Bir de iki haftadır yemek yememiş aç ve vahşi bir ejderha tarafından kovalanacakmışız.

Şurada sessiz, sakin, kuş cıvıltılı bir ormanda güzel güzel otururken ejderha nedir? İlla bir koşturmaca, bir gerilim olmak zorunda mı? Dere kenarına oturup isim-şehir oynasak da ödülü kazansak olmuyor mu yani?

Olmuyor galiba... İşte geldi, önce homurtusunu duyduk, ardından burnundan alevler çıkararak üstümüze doğru koşan ejderhayı gördük.

Kim çizmişse eline sağlık, gayet de vahşi olmuş kendisi...

Biz kaçıyoruz, o kovalıyor. Bir yandan da hâlâ ormanın iç sesini dinlemeye çalışıyoruz, ne mümkün tabii. Korkudan titrerken, ohh kuşlar, çiçekler, orman ne güzel, kestane, gürgen, palamut falan diyemiyorsunuz.

Akbaba da hem nefese nefese koşuyor hem de "Yüz puan, ödev of of, en eski spoorrr..." diye sayıklıyor.

İleride otların arasında parlayan bir şey gördüm. Bilge Dede'nin gösterdiği taşa benzettim ve hızla ona doğru koşmaya başladım.

Gerçekten de oydu. Değerli taşı bulmuştum, tam elimi uzattım alacaktım ki geride kalan Akbaba Cemşit'in çığlığını duydum.

Ayağı ağaçlara sıkışmıştı ve alevli ejderha ona ulaşmak üzereydi. Çok zor bir ikilemde kaldım. Yüz puanı almamı sağlayacak taş ve kâğıt hemen önümdeydi.

Almamı bekliyordu, ama bunu yaparsam Akbaba Cemşit'i ejderhanın insafına bırakmış olacaktım.

Açık konuşmak gerekirse bu canavarın birkaç saniye içinde iyi yürekli bir meleğe dönüşmesi pek de mümkün değildi.

Pek hak ettiğini düşünmesem de vicdanımın sesini dinleyerek akbabayı kurtarmaya karar verdim.

Yüz puanla vedalaşıp koşarak Cemşit'in yanına gittim. Ben onu çekiştirirken ejderha daha da yakınımıza gelmişti, son saniyede ayağını sıkıştığı yerden kurtardık.

Onu kenara çektiğim anda ejderha zıplamış bulundu ve bütün hızıyla az önce kurtulmak için debelendiğimiz ağaçlara çarpıp bayıldı.

Akbaba yine yaptı yapacağını. Kurtulduğu anda aradığımız cevabın yazılı olduğu kâğıda doğru koşmaya başladı.

Bir de iyilik yap denize at derler, biz de yaptık işte ama akbabanın umurunda bile değil. Ben ödül yerine onu kurtarmayı seçtim, o bir saniye bile düşünmeden beni yenmenin peşine düştü.

Bundan çıkaracağım hayat dersini söylüyorum, kediler değil akbabalar nankör oluyor.

Ben de peşinden fırladım tabii, o önde ben arkada kâğıda doğru koşuyoruz. Bir de baktım ki Bilge Dede bizden önce gelmiş, kâğıt elinde...

Akbaba Cemşit nefes nefese konuşmaya başladı; "Hööğğhh... Höğğğh... Evet... Geldim işte... Höğğh... Ben buldum... Hadi ver kitabı... Hadi..."

Bilge Dede, kâğıdı akbabaya doğru uzattı. Olmaz ki ama ben de geldim. Hem ben aslında daha önce geldim. Bu nankörü kurtarmak için geri döndüm. Sayılmaz, bir daha mı yarışsak acaba?

Birden inanılmaz bir şey oldu. Bilge Dede tam akbaba kâğıdı elinden alacakken bana döndü ve "Kendi sesini dinleyip, arkadaşını kurtaran çocuk... Sen al!" dedi.

Yaşasınnn, işte adalet budur, yapıp denize attığım iyilik işe yaramıştı. Akbaba itirazlarına devam ediyordu ama kâğıt benim elimdeydi. Merakla açıp içini okudum, büyük harflerle sadece "DÜŞÜNMEK." yazıyordu. Ne yani düşünmek miydi sorumuzun cevabı? Bir spor dalını bulmamız gerekmiyor muydu? Düşünmek spor olamaz dedim kendi kendime...

Bilge Dede, "En eski spor aklın esnekliğidir, yani düşünmektir. Zekâ ile oynaman, fiziksel olarak yaptığından daha önemlidir. Önemli olan kazanmak değil, oyunu nasıl oynadığındır.

Kazanmak isteyen kişi ahlaklı ve dürüst olmalıdır. Sen Şakir, yarışı kaybetmeyi göze alarak arkadaşını kurtardın ve aslında bunu yaparak sen gerçek kazanan oldun." dedi bana.

Elimde yüz puanın garantisi olan kâğıdımla mağaraya geri döndüm. Babam merakla ne yaptığımızı sordu. Doğru karar verebildiğim ve iyi ahlaklı olduğum için kazandığımı söyledim.

Adamcağız hiçbir şey anlamadı tabii... Necati Ağabey yoktu ortalarda. Mağaranın arka tarafından gelen garip bir "Oohmmm..." sesi duydum. Canan'ın meditasyon yaparken çıkardığı seslere benziyordu.

Oraya doğru gittim, Necati Ağabey bağdaş kurmuş, ellerini dizlerine dayayıp başparmaklarıyla orta parmaklarını birleştirmiş, gözleri kapalı transa geçmişti.

İnsanın kendisiyle baş başa kaldığı ve beynini boşalttığı böyle zamanlarda rahatsız edilmemesi gerekiyor, biliyorum.

Ama dayanamadım, yarım saat bile aç kalamayan, sürekli yemek düşünen biri nasıl olur da düşünmemeye odaklanıp beynini boşaltabilir ki? Öğrenmek zorundaydım. En kısık sesimle yavaşça sordum; "Necati Ağabey... Ne düşünüyorsuuunnn?"

Ah ah... Ben Necati Ağabey'i bilmez miyim? Onun hiçbir şey düşünmeme hali ancak kısıtlanmış yiyecek hayali olabilir. Gözlerini açmadan meditasyona uygun bir sesle aynı yavaşlıkta cevap verdi; "Meyveliiii yoğuuurttt... Meyveliiii yoğuuurttt..."

Neyse en azından kebap falan değil, daha hafif bir şey seçmiş. Acilen Kars'taki lokantaya dönmek zorundayız, Necati Ağabey saatlerdir bir şey yemedi. Trans halinden çıktığında bize iki haftadır aç olan ejderhayı bile mumla aratır.

Kendimizi garantiye almak için üstünde kuş sütünün bile eksik olmadığı bir masa hazır etmemiz lazım. Acaba trans-tan çıkmadan mı taşıyıp götürsek?

Nasıl yapacağız ki, aklı başındayken bile bisiklete zor sığdırmıştık, yatay halde kaç ton çeker, kim bilir? Ejderha-ya bindirsek, rica etsek taşır mı ki?

Of yine kafamda deli sorular, ödülüme bile sevinemedim, bitmiyor arkadaşlar, benim derdim hiç bitmiyoooorrr...

KAHRAMAN İTFAİYECİLER!

Bizim aileyi bilirsiniz, herkes biraz hayalperesttir. Ben gözlerinden lazer atan T-Rex'lere karşı savaşmayı hayal ederim.

Annem ev işlerini yapacak robotlar ister,

babam da evimizin bodrumunda Bizans altınları bulma hayali kurar.

Ancak en sağlam temeli olan Canan'ın hayali. Bir bilim kadını olmak. Biz lazerli dinozorlar, robotlar ve altınlarla uğraşırken Canan hayali için yıllardır çalışıyor. Bilgi birikimini biraz daha arttırmak adına iki aydır Profesör Mirket'in laboratuvarında asistanlık yapıyor.

Hayaller tohum gibidir. Onları sulayıp beslemezseniz gerçek bir çiçeğe dönüştüğünü asla göremezsiniz. Canan da "hayal" tohumuna çok iyi bakıyor...

Okuldan yorgun argın gelmişim, karnım da inanılmaz acıkmış durumda. Tam masaya oturmuşum, tencereden gelen yemek kokusu da burnumda festival etkisi yaratmış... Günün belki de en güzel anı benim için. Neler olacağını tahmin ediyorsunuz değil mi?

Evin en küçüğü olarak ya bakkala ekmek almaya gönderileceğim ya da ellerimi bir kez daha yıkamam istenecek. Hayır. Daha da fena. Annem gidip Canan'ı yemeğe çağırmam gerektiğini söyledi.

Zaten açım. Açken ben, ben değilim. Necati Ağabey'in şimdi neler hissettiğini daha iyi anlıyorum. Mirket Ağabey'in asistanlığını yaparken Canan zamanın nasıl geçtiğini hiç anlamıyor. Olan da bana oluyor tabii. Aç ve mutsuz şekilde evden çıkıp Profesör Mirket'in yolunu tutuyorum.

"Atom tost aşkına! Bu da nedir?"

Laboratuvardan içeri adımımı attığımda, Mirket Ağabey'in tepkisi tam olarak böyleydi. Bilimle uğraşan birisinden daha ciddi tepkiler bekliyorsunuz ama Mirket Ağabey beni her zaman şaşırtıyor.

Laboratuvarındaki dev teleskopa tek gözünü dayamış, hayretler içerisinde gökyüzüne bakıyordu. Canan da asistanı olarak yanında notlar alıyordu. Ben ise Canan'ı yemeğe çağırmak üzere görevlendirilmiştim.

Çünkü Canan'a yemek saatini haber vermezseniz, günlerce hatta haftalarca aç bir şekilde çalışabilir. Yaptığı işten o derece keyif alıyor.

Mirket Ağabey beni kolumdan çekti ve teleskopa bakmamı söyledi. Bakmamla birlikte gülmeye başladım.

Gülüyordum çünkü Necati Ağabey, sokakta davul çalıyordu. Mahallenin huysuz amcası Cüneyt camdan dışarı bağırdı.

"Ramazan ayında değiliz, bu davul da nereden çıktı?"

Necati Ağabey yeni aldığı davulu çalıyordu. Apartman yöneticisinden papara yemiş, bu yüzden de davulun test sürüşünü sokakta yapmak zorunda kalmıştı. (Papara yemek de ne kadar komik bir laf değil mi?)

Normalde davulun sesi uzaktan hoş gelirdi ama bu yaptığı hiç hoş değildi.

Bu sırada Mirket Ağabey beni dürttü ve yanlış yere baktığımı söyledi.

Bunun üzerine teleskobu yukarı kaldırdım ve asıl odaklanmam gereken manzarayla karşılaştım. Vay canına... Atom tost aşkına hakikaten de... Tam olarak bu tepkiyi verdim ben de.

Güneş sürekli olarak hapşırıyordu. Sanırım üşütmüştü. Bence Güneş'in üşütmesi kadar saçma bir durum olamazdı ama şu anda gördüğüm tam olarak buydu. Nasıl üşüttün arkadaş?

Binlerce derecelik ısı yayıyorsun, nasıl becerdin bunu? Yani uzayda kapı açıldı cereyan yaptı herhâlde diyeceğim ama Mirket Ağabey bunu duysa benimle sabaha kadar dalga geçer.

Bu ne demekti? Güneş neden hapşırıyordu? Mirket Ağabey bağırdı. "İşte! Sahne benim! Canan, zeki gösteren gözlüğümü alayım!" Canan çekmecedeki bir sürü saçma sapan görünüşteki gözlük arasından doğru olanı çıkardı.

Mirket Ağabey gözlüğü taktı ve masaya çıktı. Şov başlıyordu. Her zamanki gibi süper zeki biri olduğunu kanıtlayacak açıklamalar yapacaktı.

"Bu görmüş olduğunuz Güneş'in üzerindeki lekelerde bulunan plazmanın, manyetik konfigürasyon değişimi nedeniyle ani olarak salınmasıyla oluşan tepkimedir."

Canan'la ikimiz Mirket Ağabey'e boş boş bakıyorduk. Birkaç saniye ifadesiz baktıktan sonra o da fark etti. Bizler basit canlılardık. Bu kadar karmaşık ve yeni kelimelerin olduğu bir cümle, bizim gariban beyinlerimize biraz fazla gelmişti.

Hemen ardından daha basit bir açıklama geldi.

"Güneş patlaması! Bu görmüş olduğunuz olaya halk arasında böyle diyoruz."

Bence Güneş grip olmuştu. Sürekli hapşırdığı için de ağzından alev topları fırlayıp duruyordu. Mirket Ağabey yaptığım benzetmeyi beğendi. Canan da beğenecekti fakat şu anda kafası başka bir yerdeydi.

Yandaki gözlem monitörüne bakıyordu. Güneş patlamasından ötürü oluşan bir alev topu Dünya'nın yörüngesine girmişti. Bunu fark eden Mirket Ağabey teleskobuna gözünü dayadı ve gökyüzünde bu cismi aramaya başladı.

Alev topu pofuduk bulutların ortasını delip geçti.

Şehrin dışını çember gibi sarmış olan ormana düştü. Arkasında uzun bir kara duman bırakmıştı.

Necati Ağabey'in davulu sustu önce. Sonra bütün mahalledeki elektrik birden kesildi. Mirket Ağabey'in dediğine göre elektromanyetik bir patlama olmuştu.

Saniyeler sonra elektrik tekrar geri geldi. Necati Ağabey yeniden tokmağıyla davula vurmaya başladı. Ancak davuldan bu sefer ses gelmiyordu.

Daha tok daha komik bir ses çıkıyordu. Tanju Ağabey'in çığlığı gecikmedi.

Meğerse karanlıktayken hedefi şaşırmış, yanında duran Tanju Ağabey'in kafasına tokmağı geçirmişti.

Mirket Ağabey olayın ciddiyetini koruyordu. "Bu çok ilginç" dedi. Sonra teleskoptaki görüntüyü duvardaki monitöre aktardı. Bizlerin de bu tarihi olayı izlemesini istiyordu.

Alev topunun düştüğü yerdeki dumanlar yavaş yavaş dağılıyordu. Alev topunun üzerindeki ateşler sönmeye başladı ve ceviz kabuğuna benzer yuvarlak bir cisim ortaya çıktı.

Kabuk titremeye başladı ve sonunda dayanamayıp çatladı. Üçümüz de ağzı açık ayran budalası gibi bakıyorduk. Bu lafı da Peyami dedemden öğrenmiştim.

Neler olacağını beklerken daha da inanılması zor bir olay oldu.

Kırılan kabuğun içinden ayakları ve kolları olan bir alev karakteri çıktı.

Peluş oyuncak ayı boyutunda, sevimli, yürüyen bir alevdi bu.

Fakat birkaç dakika sonra aslında pek de sevimli bir alev olmadığı anlaşıldı. Uzaylı alev, adım attığı her yeri yakmaya başladı.

Önce ayak bastığı çimler, sonra dokunduğu çalılıklar ve kocaman ağaçlar. Şehrimizi saran orman yanmaya başlamıştı.

Uzaydan gelen bu garip varlığa mı şaşırsak yoksa ormanın yanmasına mı üzülsek bilemedik. Tam bu esnada kararsızlığımızı bölen ses duyuldu. İtfaiye arabasının sireni.

Yangını görenler hemen itfaiyeye haber vermişti. Sokaklarda sirenin sesi yankılanırken Tanju Ağabey de kendini itfaiye arabası zannetmiş olacak ki o da başladı bağırmaya. "Naa-nii-naa-nii-naa-niii!"

Bir de buna elindeki davulla Necati Ağabey de eşlik etmeye başlayınca bütün mahalle ayağa kalktı. Bu ikiliye bayılıyorum. Böyle ciddi bir olayın tam ortasında biri itfaiye sesi çıkartıyor, diğeri de davul çalıyor.

Bunların derdi hep şamata... Zaten bu yüzden seviyorum sanırım onları. Kimseye benzemiyorlar.

Ben bunu düşünürken, Necati Ağabey davula o kadar sert vuruyordu ki, sonunda tokmak dayanamayıp davula son bir kez çarptı ve uçup gitti.

Huysuz komşu Cüneyt tam Necati Ağabey'in kafasına terliğini fırlatıyordu ki beklemediği yerden darbeyi yedi. Necati Ağabey'in elinden fırlayan tokmak Cüneyt'in kafasına geldi. Cüneyt pencereden içeri geriye düştü.

İtfaiye arabası ormanın içine girdi ve alevlerin biraz ilerisinde durdu. İtfaiyeciler arabadan inip hortumları püskürtmeye başladılar.

Alev adam (bundan sonra böyle hitap edeceğim) yanan ormanın içerisinden itfaiye arabasına doğru ilerledi.

Bunu gören itfaiyeciler korkudan olacak, birbirlerine su tutmaya başladılar.

Sonuçta sizler de yürüyen bir alev adamı her gün göremezsiniz. Şaşkınlıklarını atıp Alev Adam'a su sıkmaya başladılar ancak bu tamamen boşa yapılan bir hareketti. Alev Adam'a hiç bir şey olmuyordu, ona çarpan tazyikli sular anında buharlaşıp yok oluyordu.

Alev adam elini açıp sanki "Aduket" çekiyormuş gibi bir hamle yaptı.

Avucunun içinden çıkan bir alev topu, itfaiyecilerin hortumunu tutuşturdu. İtfaiyeciler bu açıklaması zor, gizemli olaylar karşısında daha fazla dayanamadı.

Canan televizyonu açtı. Belediye Başkanı elindeki kâğıda bakarak açıklama yapıyordu.

"Kapı için dört tahta. Metal zırh için on metal. Cam için bir kumu kömürle yakacaksın."

Gazeteciler mikrofonlarını uzatmış Başkan'ın söylediklerini anlamaya çalışıyordu. Başkanın yardımcısı mahcup şekilde Başkan'ın elindeki kâğıdı alıp yerine yeni başka bir kâğıt tutuşturdu. Bir önceki kâğıt Başkan'ın oğlunun video oyunu oynarken aldığı notlardı çünkü.

Belediye Başkanı gerçek kâğıdı okumaya başladığında herkes şaşkındı. İtfaiye ekiplerinin işi terk ettiğini ve bir an önce yeni itfaiyeciler bulunamazsa bütün şehrin yanıp kül olacağını söylemişti Başkan.

Sonra ne alakaysa babam Başkan'ın arkasından el sallayıp duruyordu.

Babam böyle biri işte. Kamera gördü mü dayanamaz, hemen elini kolunu sallar dil çıkartır.

Başkan kimsenin bu tehlikeli göreve gönüllü olmadığını bildikleri için çekiliş yapacaklarını söyler. Kalabalığın arasından Necati Ağabey birden bağırır.

"Yaşasın! İnşallah bana çıkar!"

Fil Necati Ağabey çekilişin neden olduğunu hiç anlamamış. Araba ya da tatil zannetti herhâlde.

Belediye Başkanı yanındaki küredeki topları çevirdi ve on tanesini küreden çıkardı. İsimler tek tek açıklandı. Geriye üç isim kalmıştı. Başkan toplardan birini daha açtı.

"Necati!" dedi.

Necati Ağabey sevinçten öyle bir zıpladı ki öndeki kameraman yere yapıştı, televizyondaki görüntü de yamuldu bir anlığına.

Sonraki isim Kumpir'di. Bolca tırsak ve biraz da asosyal olan Kumpir'in gözleri karardı ve yavaşça yere yığıldı.

Son isim de açıklandı. "Şakir!" Evet ben. Bu tehlikeli görev için ben de seçilmiştim. Canan bana "vah vah" der gibi bakıyordu ama ben hiç de öyle düşünmüyordum. Yıllardır beklediğim kahraman olma fırsatım sonunda karşıma çıkmıştı.

Uzaylı bir Alev Adam'ı durduracak bir ekipte yer alacaktım. Bundan güzel macera mı olur?

Çekilişle bu tehlikeli göreve gidecek olan her birimiz itfaiye binasında buluştuk. Ben, Necati Ağabey, Kumpir, Yaşlı Kaplumbağa Teyze, Bakkal ve diğerleri... İtfaiyeci kıyafetlerimizi giyip ayna karşısında poz vermeyi de unutmadık.

Necati Ağabey acil durumda kaymak için kullanılan iniş borusunu görünce sevinçten aklını yitirecekti neredeyse. Herkesi ittirdi ve borudan aşağıya kaymaya başladı.

Ancak boru Necati Ağabey'in "narin" vücudunu taşıyamadı ve yerinden çıktı. Necati Ağabey zemini delip geçti ve kocaman bir delik açtı.

Kumpir de Necati Ağabey'in arkasından aşağıya bakarken birden başı döndü. O da "Cumburlop!" diyerek zemindeki deliğe düştü. Hakikaten "Cumburlop!" dedi yalnız. Düşerken aklına bu gelmiş. Aniden içeriye Belediye Başkanı girdi ve ellerimizi sıkıp bize şans diledi. Alev Adam'ın yaydığı yangını engelleyip şehre ulaşmamasını sağlamamızı istedi.

Bu esnada Mirket Ağabey de Alev Adam'ı durduracak bir çözüm bulmaya çalışacakmış. "Bulamıyorum!" Mirket Ağabey çalışma masasında böyle bağırıp duruyordu. Çizim dolu kâğıtların bir tür dağ oluşturduğu masada çalışıyordu. Alev Adam'ın şehir merkezine yaklaşmasına oldukça az bir süre kalmıştı.

Canan Mirket Ağabey'e bütün zeki gösteren gözlükleri vermişti ancak hiçbiri işe yaramamıştı. Zaten bu işler bir gözlükle çözülseydi, bütün optikçiler, gözlükçüler zengin olup köşeyi dönerdi.

Mirket Ağabey oturduğu döner koltuğu çevirmeye başladı. Genelde çözüm üretemediğinde ve tıkanıp kaldığında kendini böyle eğlendirirdi. Fakat koltuk öyle bir hızlandı ki adeta stres çarkı gibi dönüp duruyordu. Sonra koltuk birden yandaki dolaba çarptı.

Dolabın tepesinde duran gezegen küreleri, tozlu yerlerinden kendini attı ve tek tek Profesör Mirket'in kafasına düşmeye başladı.

"Iyh! Mars! Satürn! Jüpiter!"

Küreler kafasına düştükçe isimlerini bağırıyordu, nasıl bir zekâsı var siz düşünün. En son küre de kafasına düşüp görevini tamamlayınca, beklenenden farklı bir tepki verdi Mirket Ağabey.

"Buldum!"

Kafasına düşen son gezegen küresi olan Uranüs, Mirket Ağabey'in algılarını açmıştı. Hemen Canan'a döndü ve o imkânsız cümleyi kurdu; "Plüton'un numarası var mı sende?"

Bu esnada bizler de kahraman itfaiyeciler olarak görev yerimize gitmiştik. Amacımız yangının şehrin merkezine ulaşmasını engellemekti. Ancak sadece yangınla uğraşsak iyi, bir yandan korkak Kumpir'i saklandığı itfaiye aracından çıkarmaya çalışıyor, bir yandan da hortum ile Keçi Necmi'ye sulu şakalar yapan Necati Ağabey'i durdurmaya çalışıyorduk. Yani bütün şehir yok olmanın eşiğine gelmiş, Fil Necati Ağabey hâlâ eğlence peşinde. Bu kadar gamsız biri dünyaya zor gelir. Barikatın arkasına geçmiş ormana doğru köpüklü sularımızı sıkıyorduk.

Yaşlı Kaplumbağa Teyze'nin sesiyle irkildik birden; "Fırın Adam geliyor!"

Biz aslında havalı olsun diye Alev Adam diyorduk, ama şu anda lakapların çok da önemi yoktu. Alev Adam önüne gelen her yeri yakarak barikatımıza doğru ilerliyordu.

Artık çok az vaktimiz kalmıştı. Mirket Ağabey'in bir an önce bir şeyler yapması gerekiyordu. Bu esnada uzayın derinliklerinde bir cep telefonu melodisi, karanlığı yaran bir ışık gibi hepimize umut olmuştu. "Dililililili! Dilililili!"

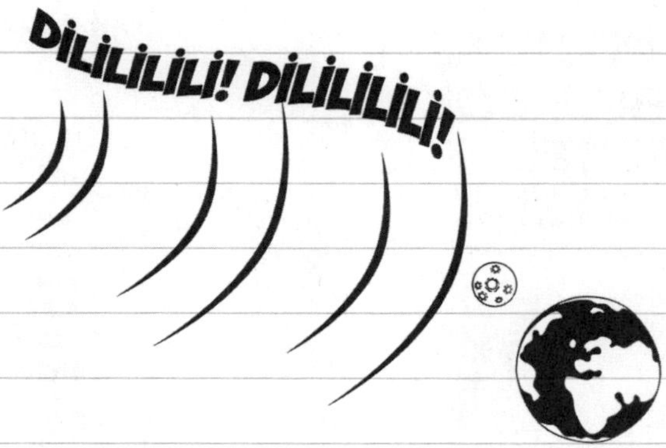

Bu çalan Plüton gezegeninin cep telefonuydu. Gezegenliğe tekrar kabul edilmek için Şakirlerden yardım alan bu sevimli, küçük gezegen çalan telefonunu mutlulukla açtı. "Aaa Canan bu! Alo?!"

Plüton ona yaptığımız yardımlardan ötürü bize cep telefonu numarasını vermiş ve ne zaman başımız sıkışırsa arayabileceğimizi söylemişti. Sizin de gezegen bir tanıdığınız varsa çok şanslısınız demektir. Mirket Ağabey konuyu uzatmadan telefonu Canan'ın elinden aldı ve bize çok kaliteli buz lazım dedi.

Plüton iki yanda duran Uranüs'e baktı. Çünkü Samanyolu galaksisindeki en soğuk gezegen Uranüs idi. Mirket buzları alınca bize yollamasını, fırlatacağı yeri de anlaması için havai fişek atacağını söyledi. Plüton telefonu kapar kapamaz Uranüs'ün yanına gitti ve sordu; "Pardon ama sizde buz var mıydı?"

Uranüs cebinden bir adet plastik gazoz bardağı çıkardı ve koltuğunun altına doğru tuttu. Sanki bir buz otomatı gibi buzlar koltuğunun altından bardağa doluştu. Takır tukur, takır tukur...

Bizler ise dünyadaki görevimizin sonuna gelmek üzereydik. Alev Adam arkasına aldığı kızgın lavlarla dibimize kadar gelmişti. Önce biz sonra da bütün şehir yerle bir olacaktı. Kumpir barikatın altında korkudan titriyor, Necati Ağabey de bir işe yarar belki diye Alev Adam'a dondurma atıyordu.

Bu esnada gökyüzünde birkaç patlama duyuldu. Kafamızı kaldırıp yukarı baktığımızda rengârenk yüzlerce havai fişeğin patladığına şahit olduk. Necati Ağabey yine yanlış yorumladı;

"Ooo düğün var!"

Ancak bu düğün değildi, kimse şehir yanıyorken düğün yapmazdı. Bunlar Mirket Ağabey'in yerimizi belli etmek için attığı havai fişeklerdi.

Uzayda elindeki buz dolu bardağı tutmuş Plüton, havai fişekleri gördüğü gibi gerildi ve bütün gücüyle buzları Dünya'ya doğru fırlattı.

Havai fişeklerden ötürü bir anlık dikkati dağılan Alev Adam kafasını indirdi, kızgın gözlerle bize doğru gelmeye devam etti.

Isı o kadar artmıştı ki, Kumpir'in gözlükleri ve Necati Ağabey'in elindeki hortum da erimeye başlamıştı.

Tam bu esnada havadaki sıcaklık aniden durdu. Küçük küçük kar taneleri yere düşmeye başladı. Sonra korkunç bir sesle birlikte, kamyonet büyüklüğünde buz taneleri tek tek Alev Adam ve etrafındaki kızgın lavların üzerine düşmeye başladı.

Alev Adam ne olduğu anlayamadan dev buzların altında kalmıştı. Önce kızgın lavlar, sonra etraftaki yangın yavaş yavaş sönmeye başladı. İşe yaramıştı. Mirket Ağabey ve Canan Alev Adam'ı durdurmaya başarmıştı.

Bütün mahalleli eline birer kova alıp arta kalan küçük alevleri de söndürmeye başladı.

Necati Ağabey de herkese dondurma dağıtmaya başladı. Bir tanesini alıp saklanmış olan Kumpir'in yanına gidip her şeyin yoluna girdiğini söyledim. Beni ve dondurmayı görünce biraz rahatlayıp dışarı çıktı.

Belediye Başkanı gelip kahraman itfaiyeciler olarak yaptığımız yardımlardan ötürü hepimize birer altın madalya takıp tebrik etti.

Bugün belki de benim için asla unutamayacağım macera dolu bir gün olmuştu.

DÜNYANIN EN MUHTİŞİM
MOBİL OYUNU!
KRAL ŞAKİR
MACERA ADASI
YENİ BÖLÜMÜYLE SİZLERLE!
KODU OKUT
OYUNU İNDİR!
EKSİK PARÇA çocuk
/eksikparcayayinlari
/eksikparcacocuk
www.eksikparca.com